O
Pointman

Um livro de Jesper Persson

Prologue

O **livro, O Pointman,** é sobre uma pessoa que por muitos anos foi educada e treinada por uma Organização para se infiltrar facilmente em outras organizações. Ele opta por se distanciar da vida negativa, mas a Organização não quer se livrar dele porque recebeu um treinamento sólido em psicologia, fisiologia, treinamento de armas, dispositivos explosivose Hacking, com intrusão de computadores. Se a Organização abandonasse voluntariamente essa pessoa, seria uma grande perda, e com todo o treinamento que ele tem, um pesadelo estaria à mão para a Organização se seu conhecimento tivesse chegado às mãos erradas.

Muitas pessoas sofreriam muito, e o conhecimento de assassinar pessoas é um dos méritos de seu histórico. A organização é um adversário poderoso com muitos tentáculos em grande parte do mundo, e com visão da vida de uma pessoa. Erik sabia desse conhecimento, mas depois de muitos anos ele tinha o desejo de sair de uma forma digna. A questão é, ele pode parar de manter sua honra? Tanto a organização quanto os envolvidos afirmam que a jornada mal começou. O detetive é uma história terrível ambientada em um ambiente que vai levá-lo a um outro nível que será esquecido tarde.

Autor Jesper Persson
Aproveite!

Lema: Confiança é deus – Controle é melhor

Um livro de Jesper Persson

Copyright 2021

Leitor BeDe

Tradutor A.D Zingo

Livros publicados anteriormente

pelo autor Jesper Persson

Publicado em 2008

A Guerra contra a Sociedade

Memórias

Publicado 2012 - 2013

Operação Erro do Estado Parte 1

Operação Erro do Estado Parte 2

Memórias

Publicado 2016 - 2017

Em The Sombra da Sociedade

Memórias

Publicado em 2019

Vingança de Lismaren

Histórias de Detetive

A maioria dos livros publicados anteriormente são atualmente traduzidos
para o inglês.
www.forfattarejesperpersson.se

Isbn:978-91-986546-4-6

Capítulo 1

Seu nome é Erik, e a organização faz a maior parte do trabalho para convencê-lo a ficar, em parte porque eles acreditam que tal pessoa pode levantar dinheiro em grande escala, mas também porque eles investiram muito e muito tempo em Erik.

Um dia, a organização percebe que não é tão impulsionado por ele como tem sido por alguns anos, e que ele provavelmente perdeu seus desejos. Erik sempre pensou que sua avó desempenhava um papel importante, e que suas opiniões significavam muito na decisão que ele agora tomou na família "A Organização". Foi na Organização que ele foi treinado, e foi o mesmo que claramente se recusou a desistir de sua identidade.

Agora escolhas e exigências estão começando a fazer impressões claras onde ninguém quer deixar ir, e algumas pessoas que você como leitores seguirá nesta história de detetive.

Erik tinha grande respeito por sua avó que agora estava morta. Ele sempre quis prestar homenagem aos princípios que sua avó defendia e sentiu que as escolhas que ele fez para deixar a Organização não eram exatamente as que ela defendia. Erik pensou repetidamente, finalmente percebendo que a decisão certa era provavelmente deixar a família.

Quando ele estava na casa de sua avó e avô, ele tinha um par de chinelos ornamentais que sua avó tinha pendurado na parede dentro da porta da frente, e que Erik tem uma memória bastante clara de. Ele também tinha uma forte memória de sempre cair quando estava usando.

Igualmente claramente, ele se lembra de sua avó vindo correndo cada vez que ele caiu, e isso o ajudou a levantar se novamente. Que ele correu e caiu o tempo todo, provavelmente foi principalmente porque ele era um cara redondo com alguns quilos demais. Com seu terno azul de marinheiro, e uma lacuna entre os dentes tão esparsos quanto o de Thore Skogman, e uma perna lateral que não brincava.

No início de sua infância, a primeira semente de empatia foi estabelecida para Erik, e ao longo de sua infância, e em sua vida adulta ele se desenvolveu no que ele é hoje. Para uma semente crescer, ela deve ser engordada, e a nutrição da semente da vida de Erik é, como na vida real, uma mistura de muitos ingredientes, assim como o homem que come uma dieta nutritiva.

Erik e outros cinco escolares foram autorizados a frequentar a aula clássica da OBS, que era uma aula para crianças que não acompanharam, ou que perturbaram a escolaridade regular, e, portanto, em algumas aulas tinham que ser sua própria classe.

Erik conheceu o professor da OBS que teve durante sua vida adulta, e depois confirmou que a essência da escola mais, ou menos classificou as crianças de acordo com sua relação familiar. Erik senta e pensa sobre como era a sociedade na época em que ele era um estudante, e não é sem ele se perguntar, se as condições eram diferentes, e ele teve a oportunidade de uma forma mais privada e útil gerenciou a escola.

Sim, mas isso não é para pensar. Erik pensou.

Não, não é culpa da escola que Erik entrou no sinal do crime, mas com uma plataforma melhor ele poderia ter se desenvolvido em outras e maiores oportunidades de trabalho. Tal pré-requisito teria sido se ele tivesse continuado no ensino médio, ou em alguma forma de formação profissional.

Agora ele enfrenta novos e grandes desafios.

Agora ele estava realmente enfrentando grandes problemas, ele ia contar à Organização o que tinha acontecido. Não! Ele decidiu esperar por isso, pois tinha começado a se acostumar com a ideia e também estava dormindo mal recentemente. Dar-lhes tal mensagem só o tornaria mais insícuo, o que era completamente desnecessário. Agora, ele vivia com a esperança de que tudo desse certo de alguma forma. Claro, ele agora lamenta em retrospectiva que não contou diretamente à Organização sobre o que aconteceu, mas queria que a Organização se sentisse bem, com tudo o que significava, e todos os problemas que surgiram agora. Como ele não lhes disse, isso significava que de repente ele tinha que viver algum tipode vida dupla. Sim! Você faz um monte de coisas malucas quando você vem em situações como esta, ele pensou. Ele tinha um instintode sobrevivência humana, pois gostava de enfrentar alguma forma de negação da verdade. Os problemas pareciam se acumular. Um acidente raramente vem sozinho, e assim foi neste caso também.

Neste momento, Anton, que era bastante de alto escalão na Organização, ligou e queria que Erik conversasse com as pessoas que não tinham pago suas dívidas, como prometeram fazer anteriormente, e agora acabou que a dívida não tinha sido quitada. Anton queria que Erik fizesse a recuperação para que a dívida fosse paga. Erik percebeu que o sentimento que ele tinha de deixar a Organização era quase impossível com a esperança de que ele faria o trabalho. Erik sabia que seria uma longa noite, e haveria alguma violência e elementos que Erik não suportasse, e ele não poderia recuar. Mais tarde, Anton ligou novamente, pedindo a Erik para receber a chamada na outra linha. A segunda linha era Skype. Ou seja, a polícia não conseguiu interceptar a chamada. A organização fez isso para manter todos os envolvidos seguros.

Após a ligação, Erik chegou ao local onde estava para se recuperar. Quando Erik veio para a pequena fazenda, havia uma fazenda ainda maior mais abaixo. Parecia uma mansão menor, e parecia ser bom para muitos centavos, mas as aparências podem ser fraudadas, e fez tudo.

As pessoas donas da mansão não tinham dinheiro suficiente, então suas dívidas poderiam ser quitadas. Erik pensou um pouco sobre o lugar, que provavelmente não tinha dinheiro, e optou por se expor a isso voluntariamente, mesmo que houvesse um grande risco de que uma lesão pudesse se tornar um fact. Erik foi até o porta-malas de seu carro para recuperar armas e morcegos, mas percebeu no mesmo segundo que as pessoas que eram donas do lugar, não eram exatamente aquelas pessoas que ficaram longe da lei, ou um cobrador de dívidas. Mas a questão era: por que essas pessoas escolheram a violência em vez de uma solução ou pagamento? Com grandes passos Erik entrou no lugar e tocou a campainha, e um homem bastante pequeno abriu a porta, e foi recebido por Erik. O homem perguntou com uma voz trêmula o que eles poderiam fazer por você.

Erik imediatamente perguntou onde seu irmão estava. Só um momento. Atendeu o homem e chamou seu irmão Carl, que provavelmente percebeu do que se tratava a visita, e de repente ficou desconfortável, e logo ele começou a puxar o queixo juntos, ou o número de queixos que ele comprovadamente tinha. Erik perguntou o nome do outro irmão, e foi dito que seu nome era Evert, ele parecia completamente paralisado sobre a recuperação que não tinha começado.

Queridos velhos! Erik disse.

Ambos têm uma dívida de 150.000 sek cada, e deve ser quitada dentro de 24 horas. Erik pegou um bilhete do bolso com um número de telefone e um número da conta. Se você pagar as dívidas neste tempo, não fica pior do que isso. Seu irmão Evert parecia estar em um mundo completamente diferente, então seu irmão Carl recebeu a notícia.

Erik completou a recuperação, mas percebeu
quando saiu, que foi a primeira recuperação que
fez sem armas, então foi um novo sentimento
que ele sentiu. Quando Erik veio de longe, Anton
veio e se encontrou. Anton se perguntou, é
claro, como tinha ido, então Erik ele disse. Anton
pensou que ele tinha sido muito gentil e não
pensou por sua vida que isso iria funcionar. Ele
parecia muito preocupado com as ações de Erik,
e que ele tinha mostrado um lado humano.
Anton não estava acostumado com Erik ser tão
amigável como ele agora exibiu. O telefone do
Anton toca. É a Organização.

Capítulo 2

Acontece que o outro irmão, Evert, queria que eles pagassem mais tarde porque não tinham cobertura para o trabalho que os irmãos haviam encomendado. Eram três empresas diferentes que tiveram grandes perdas. Com o passar dos anos, as empresas mais estabelecidas conseguiram obter um buffer de caixa, mas a pessoa que não tinha empresas tinha problemas muito maiores. Todos agora tinham que tentar explicar o que tinha acontecido com as pessoas envolvidas. Naquele dia, os pensamentos deram a volta. Como os irmãos explicariam isso a alguém que não recebesse seu dinheiro? Que eles não pagaram suas faturas. A organização estava reticente, mas agora teve que informar os irmãos deste problema. Na verdade, eles ficaram preocupados e começaram a discutir se ambos ligariam para os clientes, o que não seria tão bom, já que já havia advogados nesses casos, e ver o desespero dos dois irmãos, completamente despedaçados Erik por dentro.

A recuperação seria desperdiçada agora, só porque dois irmãos não podiam pagar? Muitasvezes você esquece a pressão psicológica que se torna quando você tem problemas financeiros desse calibre, e é claro que isso afetou todos os envolvidos. O desgaste que então surgiu tornou-se como uma grande ferida aberta entre Erik e Anton. A ferida cicatriza, a cicatriz cai, mas a cicatriz persiste. Claro, as cicatrizes desaparecem com o tempo, mas o tempo era algo que nem Erik nem Anton tinham. O que eles tinham, no entanto, eram autoridades e atacadistas que queriam ser pagos pelos irmãos Evert e Carl. Havia uma grande diferença entre Erik e Anton, e isso começou a levar a discórdia entre eles, quando se tratava de muito dinheiro. A perda total de mais de SEK 300.000, uma quantidade que é grande quando a empresa era frágil. Os irmãos começaram a redistribuir desesperadamente os valores disponíveis que a empresa tinha. Sem os atacadistas, os irmãos não teriam nenhum material para trabalhar, e então ambos tiveram que adiar o imposto da empresa, a fim de poder dar às pessoas da empresa sua compensação.

Eles não teriam que sofrer porque os irmãos não pagaram. Erik não queria que ninguém sofresse, e desesperado como ambos estavam, a Organização acreditava que tudo daria certo, só que era um acordo em um tribunal arbitral. Sim, éincrível que você possaser tão ingênuo em pensar uma coisa tão estúpida, Anton era na verdade menos ingênuo, do que Erik era, e disse muito cedo, que isso não vai dar certo, de qualquer maneira. Ele próprio estava bastante convencido de que iria bem, o que era completamente impossível. Parecia que toda a organização estava fora de fase.

Agora era hora de conhecer os irmãos no tribunal arbitral para acertar as coisas. Um irmão não tinha a capacidade de pagar, e havia outros que estavam antes e queriam ser pagos. O julgamento terminou com Erik tendo feito um bom trabalho, mas como os irmãos não tinham instalações de pagamento, isso significava que a Organização não era paga.

Anton estava tão zangado, e ele sussurrou para Erik que ele mesmo faria a recuperação. Erik tentou convencê-lo calmamente, mas sem sucesso. Anton tinha feito a sua mente e saiu do tribunal com pura afeição. Ele escapou meio, então Erik só o viu saindo do corredor. Os inteiros pareciam um pouco estranhos para as pessoas que estavam no corredor, mas Erik sentiu onde Anton estava indo, e desceu para seu carro. Erik percebeu depois que ele dirigiu alguns quilômetros, que Anton provavelmente dirigiu outra direção.

Erik parou no acostamento e fez o motor funcionar. Ele se perguntou para onde ele tinha dirigido, tão irritado quanto ele estava, mas Erik não achava que Anton tinha dirigido para a fazenda. Ele se perguntou se ele tinha falado com os irmãos sobre uma solução. Os pensamentos realmente foram em torno da cabeça de Erik. Onde ele poderia estar? Ele pensou.

Erik se perguntou se ele tinha ido para o velho celeiro, que pertence à Organização, mas ao mesmo tempo se perguntou por que ele iria lá, e como era apenas para aqueles na Organização, então ele não deveria ter trazido os irmãos para lá? Por alguma razão Erik vai para o velho celeiro e faz questão de sua surpresa que há dois carros na fazenda da Organização. Estranho, Erik pensou, que não dirigiu todo o caminho para a frente, mas parou seu carro para sentar-se calmamente. Logo começou a espirrar um pouco no para-brisa, e então começou a garoar tanto que Erik não queria sair do carro.

Quando Erik estava sentado por cerca de 10 minutos, ele ouviu alguém murmurando, parecia várias vozes que estavam no mesmo lugar, mas ele não podia realmente discernir isso de uma maneira boa, mas teve que rolar a caixa um pouco mesmo que estivesse chovendo. Quando Erik desceu pela janela, ele podia ouvir alguém fazendo barulhos, e então havia duas vozes que soavam. Que diabos está sendo ouvido? Pensei que Erik.

Há alguém gritando ou gritando com alguém?
Erik ficou frustrado com o som e decidiu sair do
carro e se aproximar. Enquanto se aproximava,
ouviu duas vozes masculinas, e uma terceira
gritando com os outros furiosamente,
soandomuito, com raiva.

Agora Erik estava tão curioso que decidiu entrar
no celeiro e viu uma pessoa completamente
louca sentada com um torso nu, que estava
coberto de sangue das pessoas que foram
torturadas no momento atual. Quando Erik olha,
há duas pessoas em uma cadeira, amarradas
com fita adesiva, e foram severamente
torturadas. Isso, irmãos tiveram que suportar o
inferno.

Eles eram tão ruins que um tiro de graça estaria
em ordem. A pessoa que torturou os dois irmãos
tinha colado os dois em cada cadeira, e então
torturou-os, e ele tinha pego uma faca menor, e
cortado finamente em torno de seu dedo, de
modo que ele apenas atravessou a pele. Em
seguida, um alisador foi colocado na articulação
do dedo superior, e a pele foi puxada para longe,
o que foi uma dor muito grande, daí o som que
ele tinha ouvido no carro. Então ele pegou um
cortador lateral, e cortou o focinho da orelha
que deu muito sangue, para tirar a tocha de
corte como um número final, e cortou três dedo

do pé, daí o cheiro de carne de porco frita no celeiro, que se tornou o inferno dos irmãos na terra. Felizmente, Anton não teve tempo de completar seu trabalho. Seu irmão Evert tinha feito o seu pé, e por uma estranha razão Erik estava feliz com isso e não queria olhar para seu amigo Anton que tinha realizado este ato. Era apenas uma prova para Erik que atingiu a cabeça de UmNton.

Erik viu apenas Anton que estava tão ensanguentado em seu corpo superior, e um irmão Evert que por pouco fez alguns movimentos de vida, seu irmão Carl tinha morrido devido a grande perda de sangue. Anton parecia completamente desaparecido por razões psicológicas, e Erik pegou uma repressão em torno de um grande cano de ferro e bateu na cabeça dele, quando ele naquele momento foi longe demais. Mesmo que você vá assustar as pessoas que você pode,não ir tão longe como Anton fez. Erik bateu tão forte no tubo de ferro que a substância cerebral começou a fluir para fora do crânio. Enquanto Erik tentava fazer isso parecer algum tipode confronto, Evert olhou com os olhos, o irmão mais velho parecia longo e duro, e seus olhos disseram mais de mil palavras.

Tenho certeza que o velho queria viver, mas ele se tornou uma testemunha que teve que desaparecer, mas como diabos Erik poderia matá-lo quando ele tem esse olhar. Enquanto Erik limpava, Evert ficava olhando para ele, e esperava que sobrevivesse. Erik sabia, e entendeu que tinha que matar o velho, mas esse olhar era uma droga e criava mais ansiedade do que uma solução para o problema.

Erik caminhou até a cadeira onde Evert foi amarrado com fita adesiva nas pernas, braçoe um pedaço de fita sobre sua boca, para que ele não pudesse gritar ou gritar. Erik removeu o pedaço de fita sobre a boca de Evert, mas disse antes que ele fez, que ele não iria gritar. Evert acenou com a cabeça em uníssono para ficar quieto, e Erik removeu a fita. Evert começou a falar com uma voz um pouco rouca, que Erik mal ouviu. Erik teve que inclinar o ouvido para Evert para ouvir o que ele queria dizer.

Leve-me para casa! Evert disse.

Casa? Pensei que Erik. Ele deveria ter sido morto,e agora quer que eu o leve paracasa? O que é isso agora? Pensei que Erik. Mais uma vez, os valores de sua avó foram lembrados de que todas as pessoas são iguais, e que a violência contra outras pessoas não deve ser usada. Não, você não deveria fazer isso, pensou Erik, que quase viu o dedo de sua avó apontando como quando Erik tinha feito errado, e ele também viu seu avô que não parecia feliz.

Sim, éisso mesmo! Devo dirigir a casa do velho, pensei Erik, que tinha sua avó e avô em mente, e embora ele percebeu que poderia haver grandes problemas, não menos importante tudo o que poderia deixar DNA nas roupas, e então ele tinha um ex-amigo que ele tinha que matar. Só isso poderia causar-lhe grandes problemas com a Organização, se eles percebessem, ou percebessem que um membro tinha matado outro da mesma Organização.

Naquele momento Erik percebeu que não tinha amigos se descobrissem. Ia ser uma vida estomada, e não falar sobre todos os olhares da Organização.

Erik pensou por um momento que a viagem tinha apenas começado, e agora ele não podia ficar, mesmo que ele gostaria de fazê-lo. Bem, Erik pensou e foi com passos claros em direção ao celeiro novamente para pegar Evert, que parecia completamente, finalizou. Erik teve que levantá-lo, e ele mal podia sustentar sua perna, então ele foi com grande ajuda de Erik que realmente o segurou. Ele colocou Evert no lado do passageiro, enquanto Erik novamente entrou no celeiro para limpar qualquer evidência segura, ele também pegaria a lata de gasolina no carro e derramaria a sopa, tanto quanto possível, porque queimaria bem. Erik acenderia a gasolina, mas perceberia que não há isqueiro. Erik se perguntou como diabos ele ia pegar uma luz, agora?

Ele olhou para o soldador de gás, e viu que havia um isqueiro de tigela, ele começou o soldador de gás e então acendeu a gasolina que ele derramou. Começou a queimar muito imediatamente, então Erik teve que deixar o celeiro rápido.

Ele sabia que havia uma garrafa de gás e havia uma boa chance de explodir. Evert sentou-se no carro e viu que Erik veio, mas ele não contou a Evert, e dirigiu rápido. Erik disse que tinha que sair pelos fundos, para que ninguém pensasse em quem ele era, quem desceu do carro.

Erik ajudou Evert, e ambos caminharam em direção à porta. Evert tentou abrir a porta, mas estavatrancada, e ele parecia completamente tonto na cabeça. Erik percebeu que tinha que quebrar a janela se o velho entrasse na casa. Dito e feito, Erik quebrou a janela, e Evert finalmente entrou.

Estou indo embora agora! Erik disse, e Evert entendeu que Erik não podia ficar.

Erik pulou no carro e começou a dirigir para um lugar remoto para acender o carro em que Evert estava sentado, ele se perguntou se havia gasolina sobrando na lata porque Erik já tinha usado bastante para o celeiro, quando ele ateou fogo nele. Sim, eu quero ver, Erik pensou, mas ainda tinha algumas preocupações sobre isso. Na hora do momento, ele pode ter perdido a sopa na lata.

Uma vez no lugar fatídico, ele foi até o porta-malas para ver se havia gasolina. Sim, havia gasolina, mas não tanto, mas o suficiente para o carro com provas desaparecerem para sempre. Erik pegou o fogo, e começou a queimar muito bem, ele não queria sair do lugar antes que o carro estivesse realmente em chamas, dado todo o DNA que estava depois de Evert. O carro começou a queimar corretamente, e Erik começou a se sentir calmo enquanto as chamas estavam ao redor do carro.

Ele começou a caminhar do lugar fatídico, e com passos de bracing sair em um caminho que existia mais à frente. Ele olhou em volta para que ninguém pudesse vê-lo saindo naquela estrada. Parecia calmo, então Erik começou sua caminhada que foi completamente sem planejamento de sua parte, quando Evert se tornou uma característica de sua vida que não foi pensada.

Quando Erik percorreu um longo caminho, ele percebe que são alguns quilômetros, e sua forma física não era do melhor tipo, então ele decidiu pegar carona, para não ir. Depois de alguns quilômetros, ninguém ainda tinha que alegar ficar, e Erik começou a se desesperar. Quando ele pensou nisso, um carro parou mais tarde. Erik correu em um ritmo acelerado para o carro que parou, e por pura bondade ele, disse "obrigadopor vocêparou. "

O que ele viu foi uma mulher, que era menos bonita, e ele entendeu por que ela parou para lhe dar uma carona, e o olhar que ela tinha feito o Corcunda de Notre Dame maravilhoso e bonito, mas todo mundo fica parecido com eles, Erik pensou.

Ele estava pensando em voltar para casa quando a mulher começou uma conversa por pura cortesia e Erik não podia ignorá-la porque ela tinha realmente parado para lhe dar uma carona, Erik agradeceu dela ser tão gentil e desejou-lhe uma boa viagem. Ela disse adeus ao Erik, e ele fez o mesmo por ela. Ele só queria que ela fosse embora de novo, para que ele pudesse andar aquela milha que era onde ele morava e ser capaz de ir para o seu lugar. Uma vez dentro da casa, ele viu seu telefone deitado com o carregador ligado, e viu como ele se aproximou dele, sendo nove chamadas perdidas de líderes da organização.

Erik sabia que seria umavida, e de fato... Henke, o líder da organization, não ficou impressionado com a situação e me disse que alguém tinha matado Anton com umobjeto contundente, e que a Organização estava investigando a execução que alguém tinha feito a ele.

O dirigente também me disse que haveria mais alguns membros, mas não disse quem era, quando se conheceram no pátio do clube durante o dia, então ele terminou a conversa.

Erik podia ouvir a voz do líder de que ele não estava feliz, e que alguém até ousou matar um membro completo, e quando o líder não sabia quem fez o ato. Erik sabia em seu mundinho quem fez isso, mas fez de tudo para escondê-lo, ele não queria que a Organização soubesse quem era o culpado.

Capítulo 3

Henke esperou a sede do clube para os novos membros virem, e nem mesmo Erik sabia ou sabia sobre eles, portanto ele foi um dos primeiros a vir para a sede do clube. Havia três novos membros que substituiriam Anton neste momento difícil, como Henke nos disse. Henke estava no controle total dessas pessoas, e Erik esperava que ele as apresentasse. Esta era uma pessoa que estava há muito tempo na Organização, e que Henke pensou que poderia fazer um bom trabalho. Jim OneBone tinha trabalhado anteriormente na indústria farmacêutica, e agora deu um passo na recuperação e esse negócio.

Então também houve uma mulher que é mãe de bordel, e não quer ser chamada de outra coisa além disso, mas ela também é chamada de criança goblin e por que ela é chamada assim, ela pode dizer a si mesma, se ela quiser.

Temos outra pessoa que gosta de trabalhar por conta própria, Henke continua, ele gosta de resolver problemas complicados, e está na Organização para regular as coisas quando necessário, ele é chamado Bob Cole.

Estava tudo bem agora, Henke disse, e apenas acenou adeus para voltar para o carro.

Erik viu que o líder começou a caminhar em direção à saída do clube e foi atrás para falar com ele olho por olho. O líder viu no canto do olho que alguém estava vindo em sua direção e se virou para ver quem era. O líder parecia que estava esperando para ser perguntado, e ele pegou de Erik. Ele se perguntou sobre as novas pessoas que haviam entrado na Organização, e por que ele as trouxe.

Achei apropriado quando nos tornamos menos membros, porque Anton tinha sido espancado até a morte, e havia três novos que haviam se mantido durante esse tempo, então agora estava realmente fora do lugar, concluiu o líder, dizendo.

O que você sabe sobre isso, Henke?
Sim, posso te dizer um pouco, mas não tudo.
Para começar, Jim OneBone é uma pessoa com vasta experiência em drogas, comércioe negócios no grande comércio de drogas. Ele está agora movido para a recuperação, então eu espero que eu fiz a coisa certa, mas acontece mais tarde. Seu nome era Jim Bone antes, mas quando ele machucou o olho esquerdo, durante um carregamento de drogas, ele se tornou após a lesão Jim OneBone.

Depois há a Big Mama, também chamada de goblin kid. "Agora eu nem sei por que ela chamou isso, mas como eu disse, não é essencial para mim, desde que ela faça seu trabalho", disse Henke. Suas qualidades eram que ela poderia acompanhar a garota escort que eles tinham na Organização, e além disso, ela parecia bem, seio grande, que poderia derrubar a maioria das pessoas, se ela se virasse muito rápido, então ela tinha uma bela bunda com, disse Henke.

Você disse bela bunda? Ouvi isso de um amigo que viveu antes, Tobbe, acho que o nome dele era, disse Erik, e ele sempre dizia algo sobre aquela mulher, acho que ele era um pouco obcecado por essa pessoa, bem foda-se agora.

Então eu tenho Bob Cole, que é um solucionador de problemas e o braço direito do líder. Sua tarefa é simples, ele garante que a vida do líder funciona plenamente, o que for exigido dele. Henke disse. Eram todas as personalidades que agora fazem parte da Organização, então agora continue, Erik. Henke disse, caminhando em direção ao carro para ir embora. Erik, que tinha o desejo de ter uma vida tranquila, onde a agitação não existia, mas agora não acabou assim nomomento, mas o desejo era realmente, lá.

Perda total! Era agora um fato, assim como o ex-
amigo de Erik, Anton, que invadiu a vida, quando
o líder queria que eles fizessem algo a ver com
isso. Mas o que eles poderiam fazer? Foi só para
perceber a perda. Eles poderiam fazer mais? A
organização achou que eles deveriam fazer,
contato com o irmão que sobreviveu, em, a fim
de pressionar seu irmão Evert. Em outras
palavras, ele queria que eles pegassem
emprestado do problema, empréstimos,
definitivamente não são uma solução se você
tem tais problemas, como um banco tinha
encontrado rapidamente e, portanto, Bob Cole,
não o via como uma boa solução. Os
pensamentos começaram a se tornar destrutivos
em todos os níveis, e o desespero que Erik agora
sentia era pesado para suportar. Agora parecia
que o inferno tinha corrido e tudo tinha ido para
o inferno. É até o caso de Erik, depois de todos
esses anos, lembrar o quão ruim ele se sentiu,
agora que ele se senta aqui e pensa que ele
bateu em seu amigo até a morte.

Erik começou a trabalhar cada vez mais preto, o
que não beneficiou diretamente a Organização.
Erik tinha se tornado tão passivo, então ele não
se importava mais com sua Organização. Era
como se ele tivesse desistido no total, e só

arranjado para que ele pudesse viver bem, mas sem pagar impostos. Erik tornou-se odioso com a sociedade por causa desses julgamentos completamente doentias que fizeram sua recuperação completamente sem ação. Costuma-se dizer que a vingança é o motivo mais antigo do mundo, e agora ele pode realmente dizer com convicção que ele era extremamente vingativo com tudo e todos que estavam fora de sua Organização. Ele começou a desconfiar de tudo.

Ele só fez o que caiu. Ninguém poderia influenciar sua decisão ele estava cansado de ser legal com todos. Agora foi ele que dirigia seu próprio barco.

Erik não conseguia se ver quebrado, e ele não achava que tinha uma boa relação com a vida. Mas nem todos os contos de fadas sempre têm um final bonito, Erik pensou.

Não era uma boa opção quando sua Organização teve a recuperação fracassada, e dizer à Organização para esperar com ela, seria como pedir à Igreja da Suécia para parar de dizer Amém. O ódio entre Erik e Organization começou a crescer manifestamente, e logo Erik estava em um novo conflito com advogados que dividiriam a participação de Erik com a Organização.

Não acabaria, porque Erik aparentemente tinha filhos na cidade, e acabou agora que os advogados foram lembrados. A noiva com quem Erik estava, queria que ele concordasse com a ordem provisória, mas Erik não estava tão interessado nisso, e percebeu que um julgamento não era algo que ele queria, então a noiva passou por sua decisão de obter paz de espírito sobre a situação que prevaleceu.

Até as crianças tinham notado que algo estava errado entre Erik e a mãe, o que acabou por uma criança ser muitas vezes triste. Uma criança sempre se perguntou onde estavam, e mesmo que tivessem um conflito, faziam tudo o que podiam para impedir que as crianças ouvissem quando estavam brigando. Mas nem sempre é fácil, quando você fica com raiva, disse Erik, que ficou decepcionado com seu parceiro. As crianças sempre são pegas de alguma forma quando os pais decidem se separar. Erik sentiu que ele não era mais a pessoa gentil e carinhosa que ele tinha sido uma vez. Ele ficava envergonhado toda vez que seus filhos perguntavam por que a mãe se mudaria. Eles sempre se perguntava onde o pai viveria, e poucas palavras que seu filho lhe disse, cortadas como uma faca na medula. Erik sentiu um sentimento terrivelmente desagradável de traição de seus próprios filhos, e as lágrimas eram impossíveis de conter. Como vou me perdoar? Erik pensou, enquanto ele tinha que se defender mentalmente pensando nesses dois irmãos que não tinham pago suas dívidas, e que eram na verdade a raiz de todo o mal, mas para explicar ao seu próprio filho que o pai tinha sido enganado em grandes somas de dinheiro não era uma opção. Eles eram simplesmente pequenos demais para entender algo assim.

Muitos dos pensamentos de Erik eram como sair dessa miséria. Quanto mais o tempo passava, e que ele via ao mesmo tempo como a mãe empacotava suas coisas fazia os pensamentos mais para de repente se tornarem planos brilhantes. As pessoas são estranhas assim. Você começa a pensar e agir como o pior homem das cavernas.

Erik só queria ir para casa com os irmãos e explicar com um bastão o que ele pensa, e ter certeza de que eles pagam as dívidas, mas até então era civilizado demais para fazer algo assim. Então um dos irmãos tinha morrido, e então ele pensou que tal ação poderia resolver o problema. Erik não viu as possíveis penalidades que tal ação poderia acabar, então felizmente ele não fez nada. Acreditar que seus filhos o fizeram pensar diferente, porque ele não queria perdê-los porque ele teria cometido qualquer crime, mas dizer que esses pensamentos não existiam tinha sido uma mentira, e com todos os crimes que ele tinha feito, ele poderia facilmente ter perdido meus filhos e sua fé.

A mãe começaria se mudando com a mãe por algumas semanas, até ter um apartamento no chão. Erik queria que sua mãe ficasse com ele até que fosse hora de se mudar. Ele nem queria pensar na ideia de que seus filhos não estariam em casa em sua casa. Erik era tudo. Parecia que ele ia quebrar, e ele acha que poderia fazer o que de qualquer maneira para manter seus filhos inteiros. porque ele os ama tanto. Derepente, foi como se Erik fosse responsável por todas as emoções. Então ele pensa principalmente sobre a mãe. As crianças sempre mostravam seus sentimentos, e muitas vezes ficavam tristes com o que estava acontecendo. Erik não podia fazer nada mais do que aceitar que ele estava agora de pé sem as crianças, e que ele logo se sentaria em sua casa. Todas as pinturas que encheram seu lugar, e todas as memórias com eles se foram, algumas pinturas ainda estavam lá, mas parecia muito vazia. De repente, faltavam coisas que ele nunca tinha se importei antes, coisas que só agora se tornaram ouro. Eles agora eram uma memória. Toda a luta fez com que ele se sentisse dividido. A mãe, que

Erik amava tanto, ele odiava tanto agora, se não mais.

Agora era hora de acenar para as crianças. As lágrimas jorrou completamente pelas bochechas de Erik ele não se preocupou em limpá-los também. Erik sacudiu tudo, da dor que sentia, pois era exatamente o que era, tristeza. Ele tinha perdido sua família de alguma forma, e seus filhos estavam gritando no banco de trás do carro quando eles estavam saindo. Se você nunca experimentou tal despedida, é difícil entender o quão emocional é. Erik era um homem levemente esmagado. Ele só ficou lá, e viu como seus filhos desapareceram dele, foi como puxar a tomada em uma banheira cheia de água. Tudo o que Erik defendia, apenas correu para fora dele em segundos, e ele se sentiu completamente morto de emoção, e neste exato momento não importava se sim, o mundo inteiro tinha perecido. Foi o suficiente que seu mundo tivesse morrido.

Ficar triste enquanto Erik se sentia completamente insensível era algo que o preocupava muito, e mentalmente parecia que seu corpo estava prestes a se dividir em duas partes. Era como ter o anjo mau em um ombro, e o anjo bom do outro. O que estava acontecendo com Erik? Foi extremamente difícil sentir dessa forma, ele teve uma educação, onde tinha sido ensinado, para ser uma pessoa boa e gentil, mas era tudo menos o que Erik sentia agora. Enquanto todas as coisas boas desapareceram dele, parecia que algo maligno e horrível estava sendo preenchido na segunda parte de Erik.

Erik, apesar de todas as decisões pesadas entreele, e os filhos de Oi, a mãe teve que seguir sua vida. Eu me pergunto se eu posso chegar mais ao fundo da sociedade? Erik pensou, quando eu tinha perdido tudo na minha vida, sem sequer ser um pouco confuso. Minha vida foi completamente destruída por muitos fatores. Talvez eu devesse ter agido diferente. Sim, é difícil saber, já que não vi mais oportunidades ou futuro melhor.

Erik tinha agora cerca de 24 anos e já estava totalmente na comunidade. Sua pouca idade fez os pensamentos destrutivos, começou a obter um poder em torno de toda a sua personalidade. O que eram apenas pensamentos horríveis antes, começou a criar uma nova pessoa. Uma pessoa que foi lançada em uma concha de chumbo. Um invólucro que garantiu deixar passar por qualquer emoções. Erik começou a sentir um ódio dentro dele, que

inicialmente não queria sair deste corpo
humano disfarçado de chumbo. A raiva tem uma
cara nova para ele, que logo uma sociedade se
tornaria consciente. A mesma sociedade que
ajudou a criar essa pessoa imitada e insensível.

Capítulo 4

Erik, que mal tinha corrido um sinal vermelho em toda sua vida antes, agora estava enfrentando uma nova vida. Uma vida muito destrutiva. É sempre dito que está esperando, ou a ignorância que é difícil. Os pensamentos foram para seus filhos que ele não seria capaz de apoiar. Tudo se foi. Erik se perguntou como ele poderia ser tão estúpido, para que ele se tornasse um criminoso?!

Por que isso aconteceria comigo e com as crianças? Erik pensou.
Wchapéu é destino? Deve ter feito sentido, embora esses objetivos fossem extremamente impossíveis de interpretar. Algumas pessoas pensam que você pode controlar o destino até certo ponto, mas é algo que Erik é cético quando vê como sua própria vida se parece, nos últimos 16 anos. O que ele poderia ter feito para controlar seu destino de forma diferente? Teria sido que Erik pulou a parte criminosa de sua vida. Parece que qualquer coisa, menos o que era.

Se você ficar sem umlongo, tempo, você tem um futuro, seja ele bom ou ruim. Só ele poderia sobreviver. Muitos certamente estão se perguntando para onde a consciência de Erik

tinha ido, a consciência que começou a deixá-lo,
e em termos de ética e moralidade o que
mesmo aquele parágrafo acabado. O velho ME
de Erik gradualmente começou a embaçar,
lentamente, mas com certeza. A mãe notou que
Erik tinha sido extremamente conhecido. Ela não
gostou do que viu agora. Mas o que era, que a
mãe era tão contra? Segundo ela, ela pensou
que as ações de Erik manipulando os formulários
de IVA ele era culpado de crimes, mas era
história agora, e Erik não tinha o mesmo
compromisso com a família, então por que falar
disso agora? Quando o dinheiro do IVA chegou
até eles, a mãe não reclamou. Eu não acreditei
no que você não disse! Erik respondeu a ela.
Então a mãe diz que Erik trabalhava 100% negro,
e isso era realmente verdade o que ela alegou,
he nãopodia vê-lo como um crime grave e ele se
defendeu com metade da Suécia fazendo isso
todos os dias, embora ele agora percebe que
estes, trabalho não declarado era um passo mais
perto do crime. Ao justificar o trabalho livre de
impostos, começa-se a aceitar violações da lei, e
embora seja uma forma mais leve de crime, é,
no entanto, uma introdução ao curso do crime.
Parece estúpido, mas o cérebro humano começa
a aceitar o que está errado, e Erik começou a
mentir, tanto para si mesmo quanto para seu
entorno.

Afinal, as mentiras são uma negação que te ajuda, para que você não se sinta mal, do que você faz. Como tomar uma aspirina que alivia a dor, mas a verdade é, infelizmente, outra. Se você mente ou toma analgésicos, você apenas engana seu próprio cérebro para pensar que a dor se foi, mas tudo na vida está conectado de uma forma ou de outra.

Assim como a medicação para dor se esgota, é tão certo, que você logo tem que criar outra mentira para poder lidar com sua vida, e também encobrir a mentira que você disse anteriormente. Não foi só a mãe que notou o novo comportamento destrutivo de Erik. Não, todos os nossos antigos conhecidos em comum, como nossos amigos também tinham notado, amigos que tiveram filhos da mesma idade que Erik e a mãe. Eles não disseram muito no início, porque não queriam interferir, muito menos se envolver.

Eles ficaram surpresos! A mãe disse. Que eles ficaram surpresos Erik poderia entender, quando eles conheciam Erik como uma pessoa gentil e muito carinhosa, uma pessoa que você poderia chamar no meio da noite se você precisasse de ajuda. Havia também aqueles amigos que achavam que ele tinha uma forma mais branda de psicose, quando o novo comportamento de Erik era como a diferença entre o dia e a noite. Ele não duvida que ele provavelmente ficou chocado com como tudo tinha ido para o inferno. Erik diria que foi um instinto de sobrevivência humana embutido. Um instinto que se tornou destrutivamente mais forte a cada dia que passava, e que ele não podia vê-lo ele mesmo, é para ele em retrospecto um pensamento horrível, que eu só quero esquecer, Erik pensou.

A mãe sabia que Erik não colocaria seus filhos em perigo. É algo que a mãe nunca culpou Erik, mas ser destrutivo pensando durante a semana, e depois ser pai nos fins de semana, era um desafio. As crianças muitas vezes perguntavam no que seu pai estava trabalhando, danúncio é provavelmente um criminoso bastardo, not uma boa ideia imediatamente emque ascrianças ainda eram muito pequenas, o que significava que eles não fizeram um contra a parede com suas perguntas.

Mas ter que mentir para seus próprios filhos recebidos em todos os sentidos, Erik pensou. A sensação de que ele tinha começado a se tornar um pai ruim, começou a vir rastejando. Um sentimento que ele fez de tudo para negar, como simplesmente se tornou muito difícil de pensar, e Erik se sentiu mal sobre apenas o pensamento. Ele era um bom pai que pensou mil vezes. Então ele escureceu seu lado ruim mentalmente.

Foram as crianças que conseguiram que Erik mantivesse o nariz acima da água. As crianças nasceram com audição ruim, e eram o que eles chamam de bebês de orelha, o que significava muitos dias no hospital onde os exames auditivos deveriam ser realizados, e que mais tarde levou à sua cirurgia. Eles implantaram pequenos tubos em seus ouvidos, o que drenaria o fluido que encheu atrás dos tímpanos. Uma vez que ambos tiveram isso desde o nascimento, isso afetou bastante sua fala, pois eles eram basicamente surdos. A mãe e Erik só descobriram quando viam um desenho animado na TV, quando quase sempre tinham a TV no maior volume.

Os médicos disseram que as crianças estão crescendo com esses problemas, o que era verdade. Não havia dúvida de que os filhos de Erik precisavam do pai. Eles, como eu disse, em vários controles de vez em quando, mas combinar sua vida selvagemcom ser um pai disponível não era a tarefa mais fácil.

Como muitos outros criminosos, Erik também fez de tudo para esconder o lado ruim. E não tinha concluído que ele era um criminoso, mas se via mais como um artista vivo, embora seu entorno, ou seja, parentes e amigos tinham como eu disse, uma ideia diferente de apenas isso. FÉ, ESPERANÇA E MAL COM AMOR! Sim, você pode ouvir por si mesmos o quão doente já soou, mas o homem é uma pessoa de hábito, Erik pensou, e o fato é que depois de 21 dias você começa a se acostumar, se é algo que você gosta ou não, butque é realmente comoo homem é encontrado, Erik sabia que você poderia reprogramar-se, para aceitar o que você estava fazendo, mesmo que fosse puro para o inferno. Erik mudou de ideia inconscientemente, e lentamente, mas certamente flutuou em seu novo terno.

Como Erik trabalhava muito quando estava ativo, ele começou a ficar inquieto. Era outro sinal de alerta. Erik era viciado em trabalho naquela época. Jim Onebone tinha programado antes, e sua experiência poderia ser usada. O único problema era que ele não tinha emprego. Erik tinha muito ódio,vingança, e um monte de outras merdas lá dentro, que agora de uma forma mais agressiva tentou penetrar na personalidade de chumbo, na qual ele havia evoluído. Era como se toda a merda quisesse sair ao mesmo tempo, enquanto ele era uma pessoa cautelosa, então talvez não o anjo gentil o tivesse abandonado completamente, mas o mal era ainda mais forte, o que ele começou a notar, por Erik olhando para códigos fonte.

Jim OneBone achou esses códigos-fonte estranhos. É tão confuso e incompreensível ver um documento escrito em latim? Jim OneBone disse.

Era como ler uma massa criptografada de texto em Marciano, mas apesar desses sinais e pontos incompreensíveis, Jim OneBone estava determinado a aprender essa língua.

Erik aprenderia a entender o significado desses personagens. Ele começou a ler livros sobre uma linguagem de programação chamada C+. Uma linguagem de programação extremamente sofisticada que mais tarde será chamada de C++. Isso deixou Erik quase completamente louco quando ele não entendia nada, mas não desistiu por isso, pois ele é uma pessoa extremamente teimosa. Ele começou a se conectar com pessoas que compartilhavam sua grande paixão, dados. Quando ele explicou o que estava fazendo, eles estavam mais, ou menos dispostos a levar Erik para a SEÇÃO AMARELA- para apsique em outras palavras.

Ele dificilmente procuraria trabalho como programador, mas Erik tinha planos completamente diferentes sobre a própria lição sobre linguagens de programação e queria desabafar seu desejo de vingança.

Mas foi o que Erik pensou, e não menos importante agiu. O que Erik fez foi errado. Em dias em que ele já não se sentia tão mal com seus pensamentos e ideias destrutivas, Erik podia começar a pensar em como ele teria uma vingança sobre a sociedade, que ele sentiu que o havia deixado sem suporte. Agora era hora de devolver o dobro.

Erik sempre foi muito interessado em tecnologia, e a música também teve um grande papel em sua vida, já que ele já tocou piano por 29 anos, mas também computadores têm sido algo pelo qual ele sempre foi apaixonado, mas infelizmente ele não teve a chance quando ele, como um jovem músico, recebeu uma boa oferta. Não! Então era apenas trabalhar com computadores que importavam. Com o tempo, ele começou a perceber o que um computador poderia fazer para coisas eficazes. Erik viveu totalmente na análise de diferentes sistemas de computador, completamente.

Capítulo 5

A frente de todos os sistemas já não era tão interessante, como Erik estava agora muito comprometido com os corações dos próprios sistemas. Erik simplesmente queria ver o código fonte dos vários programas que eram agora muitointeressantes. A maioria dos sistemas de computador não tem o chamado código-fonte aberto, mas o código-fonte era a parte de trás da frente onde tudo aconteceu. O lado de trás era tão interessante que Erik começou a ler sobre diferentes linguagens de programação.

Esse sentimento de vingança era tão enorme, que ele era mais, ou menos forçado a executar todos esses pensamentos de vingança, mas antes da vingança chegar, ele aprenderia a lidar com esta arma eficaz 100%.

Dado o que ele mesmo vem fazendo há quase 15 anos, Erik sabe que o crime ecológico não é baseado em decisões impulsivas.

Do que você está falando? Disse Henke, que tinha vindo para a casa de Erik, e percebeu que ele tinha nevado para se vingar, e poderia não deixá-lo ir. Temos outros problemas agora do que suas teorias de vingança para resolver, disse Henke a Erik. Alguém ou algum deles espancou Anton até a morte, e além deste problema, a

SAPO (polícia de segurança sueca) recebeu alguns reforços com um agente McGill.

Quando colocamos o SAPO no barco, isso significa que a Organização tem grandes problemas, e não são os teus problemas com as tuas teorias que falas! Ele disse com uma voz irritada para Erik, que estava apenas olhando, e isso deixava Henke mais e mais irritado, quanto mais ele olhava para Erik.

Erik foi um pouco atencioso e se perguntou por que Henke era tão embaraçoso para ele. Erik se perguntou, é claro, se Henke tinha pensamentos sobre ele, que Anton perdeu a vida, ou Henke teve um dia ruim?

Durante o período de ensino de Erik, ele passou por uma série de franjas desnecessárias, erros que Erik teve que se arrepender muitas vezes, mas a prática torna perfeito.

No entanto, está associado a muitos exercícios caros e embaraçosos e desistir dessa "vingança" não era uma opção. O impulso que ele estava carregando era forte e tenaz. Uma tenacidade que nunca nos 15 anos enfraqueceu, então talvez você entenda melhor o quão forte era o ódio dele.

Quando, depois de algum tempo, ele começou a pegar o jeito de como essas diferentes linguagens de programação funcionavam, era como um veneno puro.

Erik analisou e analisou até seus olhos sangrarem. Por um tempo ele estava tão a fim, então ele viu códigos fonte assim que ele fechou os olhos. Todas essas informações que ele coletou, e então começou a criar pequenos aplicativos ou em linguagem simples, pequenas aplicações. Estes pequenos programas não tinham grandes características, mas foi inegavelmente um pontapé quando Erik conseguiu que esses códigos rolassem como um programa, embora não tivesse nenhum propósito na época. Ele começou a fazer programas maiores para ver se ele poderia fazê-lo funcionar, na maioria das vezes ele ficou limpo, mas foi apenas para continuar até que funcionou.

Agora, muitos na Organização podem se perguntar qual era, o ponto de sentar e tentar fazer um monte de programas pequenos diferentes, então não havia nenhum ponto nisso?! A razão para isso foi aprender como diferentes programas foram estruturados, e que fraquezas eles tinham.

Não háprogramas 100% seguros, e Erik sabia disso. Todos os sistemas e programas têm uma fraqueza, e você só tem, para encontrá-lo. Um trabalho extremamente demorado. Todas essas combinações existem em milhões e são totalmente impossíveis para o cérebro humano lidar. Seria se a pessoa tivesse sorte, e conseguisse digitar a senha correta, mas que chance há? Pensei que Erik. Requer programas muito sofisticados que loop diferentes combinações. Tal programa pode levar vários dias, até semanas, e se for servidor maior que você deve quebrar, pode levar meses, mas Erik não teve esse tempo.

Que Erik fez esses pequenos programas, era para ser capaz de obter o conhecimento de como criar vírus, Erik sabe que um vírus é na verdade um pequeno programa que tem a tarefa de realizar algumas ações ilegais que euganho para criar caminhos de entrada, nosdiferentes sistemas era o objetivo número um. Muitos sistemas estão atualmente protegidos por firewalls. Mas como eu disse! Tudo vai se você quiser. Existem algumas maneiras mais fáceis de entrar em sistemas diferentes, mas é baseado em conhecer alguns pré-requisitos sobre exatamente o que você quer entrar. Erik queria esconder isso completamente, uma forma de certeza para o autor ou empresa nunca ser excluído de seu próprio produto, mas Erik queria colocar esse conhecimento nas empresas, e no governo. O que seria terrível. As portas traseiras do Erik são um risco de segurança que o cliente nunca saberá. Assim, a maioria das empresas, e o governo compram um produto de empresas bem estabelecidas que afirmam que seu sistema é muito seguro. Mas eles não são mais seguros do que o fabricante pode entrar em si mesmos quando eles tão desejam. Erik queria desenvolver seu plano e se vingar. No sinal de vingança.

Este plano diabólico tinha o Agente McGill suspeito, mas não podia prová-lo, muito menos empurrar essa teoria, quando não havia sequer evidências desse plano. O agente McGill ia falar com Henke, o líder da organização, esperando que ele a levasse para o próximo tópico. Ela fez contato com Henke. Ela ficou do lado de fora da casa da Organização e foi recebida por alguém da Organização. Ela perguntou se Henke estava lá, e ele fez. Eles foram pegá-lo.

Não foi ruim. Said Henke, agora até a SAPO está visitando. O que te faz vir hoje? Perguntou Henke e parecia muito surpreso.

Tenho uma pequena pergunta para você, talvez mais isolada. McGill disse, olhando para os outros caras. Está tudo bem, está tudo bem. Henke disse, olhando para Bob, que estava mantendo o controle de Henke.

Sim, qual foi a sua pergunta? Henke disse, parecendo atencioso. Sim, eusinto muito. Disse McGill, nós da SAPO estávamos pensando se você tinha visto Erik em, o futuro próximo? Ou se sabe onde ele está? McGill perguntou. Não, ele está em casa, não é? Henke disse, e perguntou ao mesmo tempo se ela queria comer, então era hora do almoço.

"Sim, tinha sido apropriado", respondeu McGill, percebendo que era uma grande oportunidade para colocar seu inimigo na trilha, e quando fosse a hora, você aceitaria, sem um mandado de busca, e tudo o que seria necessário para ter uma oportunidade como esta. Henke perguntou depois de um tempo se McGill gostou da comida?

Sim, foimuito, bom. McGill disse.
Eu tenho uma pessoa que é muito, bom em fazer comida, é o cozinheiro cianeto que faz toda a nossa comida. No mesmo segundo, McGill começa a tossir quando ouviu cianeto. Pode ficar calmo, McGill. A cozinheira de cianeto cumpriu uma longa pena de prisão, então ela

está cumprindo sua pena na cadeia. Henke disse rindo. Sim, houve alguns pensamentos com este cianeto. McGill disse. Se tivesse havido cyanide, na comida, você já estaria morto, e a comida teria cheirado amêndoas. Respondeu Henke, que teve problemas para manter-se a risos. Depois de ambos terem comido, o agente McGill começou a sair da Organização para ir ao carro dele. Ela não achava que estava ficando mais sábia agora, mais do que comer com o inimigo. Henke e McGill acenaram um para o outro, e então foi para um lado.

McGill se perguntou o que estava acontecendo, e tenho certeza que Henke e vários fizeram com ele. Na verdade, ninguém saberia mais sobre o plano do que Erik. Tanto Henke, SAPO e McGill se perguntaram o que Erik estava fazendo, ou o que estava prestes a acontecer. Henke até consultou seu braço direito Bob Cole, se ele sabia o que Erik estava fazendo.

Henke, naquele Erik é como um molusco e não diz nenhuma merda para ninguém nem para mim ajuda Bob frustrado, e percebeu que a informação não poderia ser encontrada, a menos que Erik queira trazê-lo para cima ele mesmo.

Durante a conversa, Big Mama veio para explicar as mulheres que tinham sido ativas, e explicar Henke, que aproveitou para perguntar se ela tinha visto Erik, ou se ele tinha ido à Organização durante a semana, mas ele não tinha. Henke começou a pensar que tudo ao redor de Erik era particularmente suspeito, já que ele havia perdido seu amigo que tinha sido espancado até a morte, mas mesmo isso não tinha feito Erik querer falar sobre isso. Ela disse olá, para eles na Organização e deixou o local.

Agora Henke e Bob ficaram sozinhos na Organização e foram capazes de falar em particular. Bob também queria saber como tudo estava conectado. Har ficou frustrado com a informação que não foi comunicada por Henke. Erik não quer me contar. Henke disse. O que eu devo fazer? Eu posso, não tirar água de uma pedra. Houve uma troca de palavras entre Henke e Bob.

Bob pensou Henke deve bombear informações do Agente McGill, mas Henke não pensou assim. Agentes são um inferno de um povo, e que McGill pode grampear uma mosca se ela quiser, com seus contatos, então Henke não acreditou nesse pensamento.

Não, este é um caso para Bob. Henke disse,
olhando para ele. Talvez. Respondeu Bob,
sorrindo para a situação que prevaleceu.

Você vai embora, Bob, faça algumas pesquisas
em quevocê é bom. Henke disse.

Bob percebeumuito, rapidamente, que esta
missão seria difícil de cumprir, com um bom
resultado. Bob saiu imediatamente.

Henke tinha pensamentos sobre o que Erik
estava fazendo.

Em outra parte do país, Erik sentou-se e se
preparou para sua vingança, que era um plano
diabólico, e que vai machucar muitas pessoas e
empresas, mas Erik não se importava he estava
determinado a implementar o plano e então
alguém é pego ele não dá a mínima fou Erik, era
apenas para ser capaz de completar a vingança
que ele estava pensando.

Eu sei que ele quer aproveitar a oportunidade, e
que ele espera que virá em breve.

Erik está procurando um sistema operacional
que muitas pessoas e empresas usam em suas
vidas cotidianas. O fato é que cada licença para
um sistema operacional tem uma série, e cada
série desses sistemas operacionais tem uma

chave de ouro. Esta chave dourada não diz ao fabricante sobre, mas Erik sabe que é assim.

É tão ruim, que você pode facilmente baixar essas chaves de ouro através da internet. Então, claro, você nunca pode ser quando você usa um computador em sua vida cotidiana. Como ele me disse, o homem não pode lidar, ou combinar todos esses milhões de senhas e nomes de usuário diferentes. Portanto, seu objetivo era criar diferentes tipos de pequenos programas, ou vírus como uma pessoa comum tinha percebido como. Entrar no computador de outra pessoa era um pré-requisito para poder esvaziá-lo de suas informações mais importantes.

Capítulo 6

Para que Erik pudesse coletar informações, ele tinha que entrar despercebido pela internet, o que no início não era uma partida fácil, já que a internet consistia em conexão à internet através do telefone normal. Como a maioria das pessoas sabe, isso significava que você tinha que ligar para um número de telefone, um número chamado de pool de modem, e muitos não tinham o sistema AXE conectado ao seu telefone, o que significava que você só poderia ser um na linha. Nas casas de muitas pessoas você tinha que se desconectar para poder fazer chamadas regulares, o que acabou não tornando tão fácil entrar.

Erik realizou muitos ataques à noite quando a maioria estava dormindo, mas então era o próximo problema a resolver. As pessoas frequentemente desligam seus computadores à noite, e conheciam Erik. Hoje, com banda larga, os computadores geralmente ficam ligados 24 horas por dia, quando muitos mentem filmes caseiros e música à noite. Na boa e velha era hacker, era o hacking que valia a pena a palavra e então você realmente tinha que trabalhar para ser capaz de entrar em um sistema. Não como hoje, quando há muitas ferramentas ilegais conectados para baixar. Ferramentas que o próprio Erik tinha que desenvolver se pudesse entrar em sistemas diferentes.

Com o conhecimento que tem hoje, e com os programas modernos e sofisticados que existem para admitir, Erik seria um perigo extremo para a sociedade, pois ele era uma pessoa vingativa que fez grandes danos em vários sistemas.

Erik entrou despercebido nos sistemas. Ele simplesmente tinha que colocar um arquivo no computador do usuário, para descobrir certas informações que tornariam essa intrusão possível. Ao criar um vírus, que é uma forma de cavalo de Tróia, que é uma coisa muito desagradável para entrar em seu computador, Erik esperava que esse tipo de arquivo fosse ativado. Ele criou o arquivo que ele programou neste arquivo, e que é ativado por vários comandos do próprio usuário. Ao mesmo tempo, ele não queria que esse usuário suspeitasse de qualquer mal neste arquivo, (o vírus) então ele criou comandos de ativação simples. Um clássico foi que você enviou um e-mail.

Quando o usuário viu o e-mail e pressionou para abri-lo, ele surgiu um sinal com o texto, você quer abrir este e-mail, pois *ele pode conter arquivos maliciosos que podem danificar seu computador. Claro, o usuário não queria* fazer isso, o que foi friamente calculado, e essa foi exatamente a coisa, que o usuário iria pressionar o botão NO. O botão foi programado para significar SIM. Isso apareceu apenas no próprio código fonte. No sinal que o usuário viu, foi como de costume, Erik queria que o usuário acreditasse que ele interrompeu a abertura daquele e-mail em particular e foi assim que não foi aberto nenhum e-mail, mas agora o vírus em si foi ativado em segundo plano. O que o vírus faria era com a pessoa que criou o vírus.

Na maioria das vezes foi como eu disse para descobrir senhas importantes, ou outro de valor para o hacker. Muitas horas ele sentou-se para fazer um pequeno programa funcionar, e nessa fase havia muito sobre chutes. Ele estava tão na comunidade e fez quase tudo.

Ele queria se sentir vivo, mas os chutes se esgotam, e Erik temque fazer coisas piores o tempo todo para manter esse sensação de pontapé. Quando você está no início da sua carreira hacker, você fica rastejando lá também até que você possa andar, o que significa que você coulnão fazer vírus agressivos, no início. Os vírus podem ser divididos em duas categorias, o vírus agressivo e o Junk. Para entender qual é a diferença entre esses dois vírus, você pode dizer que vírus agressivos podem apagar todo o seu disco rígido, enquanto um vírus Junk só pode apresentar sinais que dizem que seu DISCO RÍGIDO é apagado.

Um vírus Junk é inofensivo, mas eles podem ser extremamente irritantes, pois eles também podem vomitar 100's de pop-up que você pode obter uma pequena quebra, mas eles podem, não fazer danos diretos ao seu computador. Seria se o vírus Junk fosse programado para ser capaz de iniciar umaenorme quantidade de programas e o computador estiver em más condições, talvez então, mas de outra forma completamente inofensivo.

Erik, como todo mundo, estava pesquisando como produzir vírus tão agressivos quanto possível. Quando ele começou, havia no máximo 50 a 70 vírus que eram liberados pela internet por mês, embora agora haja muito mais. Estima-se que seja liberado de 400 a 800 vírus por mês. Embora tenha aumentado tão dramaticamente, apenas alguns por ano são ouvidos, e isso causou grandes danos.

O que Erik quer dizer com isso? Bem, é extremamente difícil criar um vírus que penetre todos os sistemas de segurança, e que por sua vez cria grandes danos.

Embora ele soubesse que era extremamente difícil com esses vírus, ele nunca desistiu. Erik não sabe se foi só o chute que o levou? Houve longos períodos entre minha mãe, minha separação e meu progresso nos dados. Mas claramente, foi o ódio que foi a força motriz para Erik.

Ele começou a fazer coisas dentro de um circuito nerd fechado, o que criou um monte de rumores. As pessoas ao redor dele, que também estavam na mesma indústria destrutiva, viram que Erik estava fazendo coisas legais. Ser capaz de entrar no computador de outro era naquela época coisas pesadas, e quanto mais a internet se desenvolveva, mais redes estavam no menu. Era quase como na véspera de Natal todos os dias.

À medida que Erik se tornava mais habilidoso em campo, as ordens se tornava cada vez mais. Não havia mercado para vírus, não neste país, mas ser capaz deabrir, até vários estoques que estavam online, havia toda a maior demanda por. Erik queria ter um nome para si mesmo naquele mercado, e só havia uma maneira de obtê-lo. Um bom trabalho poderia ser descobrir onde as coisas estavam, por exemplo, em que porto, em que contêiner essas mercadorias estavam, e então você consertaria notas de remessa fazendo falsas. Então, antes que um trabalho pudesse ser feito, havia muita preparação em todos os níveis. Só arriscar não era uma opção quando você tem a alfândega ou a polícia na bunda.

Durante o chamado ano de treinamento de Erik, quando ele acabou de aprender como os sistemas funcionavam, havia muitas faltas que ele fez, ele perdeu teve grande uso quando eu trabalharia no modo afiado. Uma vez que Erik estava em posição afiada, não havia espaço para tais erros. Ele trabalhou para ser invisível, para que ele possa trabalhar em paz e sossego. Alguns minutos podem ser feriados. Normalmente era muito suado, e Erik sempre tinha que ter um segundo plano, se ele precisasse, ou por acaso colocasse suas pegadas em seu sistema. Claro, você sempre deixou uma impressão quando está no mundo digital e se move, mas a questão era exatamente o que as impressões para colocar lá.

Quando Erik se intromete nos dados de outro, ou em uma rede que inclui vários computadores, ele deixa uma impressão em seu sistema. A faixa que ele sempre deixa é o número IP do seu computador que você pode rastrear, e para evitar o número de IP deixando traços que levam diretamente a você, muitos usam um falso, o que significa que o número IP que se torna a própria pegada, então leva a um computador completamente diferente, em um país diferente, do que onde você está. Como fazer isso, não é exatamente um segredo.

Erik simplesmente usa um pequeno programa, que manipula o número de IP do computador do cliente. Usando este programa, o computador do cliente vai para a Internet através de outro computador. Em linguagem especializada, esse servidor é chamado de servidor Proxy, o que na prática é bastante simples. Você simplesmente navega pela identidade de outro computador. Uma vez que você infringiu os sistemas de outras pessoas desta forma, é muito importante usar um servidor Proxy que está localizado em um país que não coopera com esse país, porque se as autoridades conseguirem a capacidade de rastrear esse servidor Proxy, eles podem solicitar de qual país, e qual número de IP ele está no servidor. Ou seja, qual é o número ip real. O número do seu computador é o número do seguro social. Portanto, é extremamente importante escolher cuidadosamente qual servidor Proxy você está usando, pois isso pode ser absolutamente, crucial no final. Se você escolher um país que nãolibere suas tarefas, você pode fazer algumas coisas divertidas. Que assim não é o mais definitivo, Erik entende.

No entanto, quando o cliente tem isso como um trabalho, você precisa fazer invasões melhores do que os exemplos acima mostram, ao trabalhar com controle, e não com confiança. Há, como eu disse, algumas regras básicas com as qual todos os hackers trabalham. Ser descoberto é quase sempre, pensou Erik, mas onde leva, é uma questão completamente diferente. Trata-se do roteador de banda larga que o cliente tem, que agora tem banda larga em vez de um modem telefônico tradicional. O mercado vende esses roteadores avançados. Um melhor que o outro, e com um monte de características que as pessoas comuns não têm a menor ideia para o que eles vão ser, o que cria um grande perigo geral para essas pessoas, e não menos importante, para as informações que seus computadores armazenam. Não há dúvida de que esses roteadores estão melhorando o tempo todo, e com a nova tecnologia as pessoas comuns também devem ser alertadas com mais clareza. Os fabricantes dizem que é apenas para ligar em seu Roteador, por isso é claro. Erik sabe que a maioria dos Roteadores estão em padrão, o que significa que ousuário, nome e senha são os mesmos em todos os roteadores desse fabricante. Muitos também usam redes sem fio, que atualmente suportam a maioria dos novos roteadores, e isso representa uma ameaça ainda maior quando o roteador está no modo de fábrica, os fabricantes de omedesativaram o recurso sem fio particular quando o roteador está nesse modo, e como muitos, surfam sem fio hoje, eles permitem esse recurso. Erik sabe que a situação é calma e que todas as portas estão abertas. Muitos têm uma rede sem fio sem segurança, e muitas pessoas não levam mais a sério. Não, eles podem não ter nenhuma informação importante no computador, que eles perderiam se desaparecesse, mas se eles soubessem que poderiam ser suspeitos de uma intrusão ilegal em um banco, e isso é exatamente o que Erik sabia, e viu o incidente como um trunfo de vingança. Porque exatamente agora, Erik se levanta e bate palmas, crimes que você não está ciente, e a pior parte é que você não nota. Se você tiver sorte, o hacker é habilidoso, e talvez ele te proteja também. Mas provavelmente não. Erik conhece esse conhecimento e percebe que sua fraqueza é sua força.

Erik obviamente pegou outro computador quando saiu. Mas eleestá sentado com um laptop. Então ele encontra uma rede sem fio. É importante ressaltar que o laptop que você está usando deve ser um computador chamado limpo. O que significa que o sistema operacional Windows não deve ser registrado para ninguém ou qualquer coisa que possa derivar para você, e mais importante, você não tem um arquivo, ou qualquer outra coisa que possa deduzir para você pessoalmente.

Depois de cumprir esses elementos básicos, você precisa encontrar um servidor Proxy seguro para navegar com segurança. Ao utilizar uma rede sem fio, da qual outra pessoa é dona, você direciona as suspeitas diretamente para essa pessoa. Assim, Erik invade a rede de outra pessoa e, uma vez dentro da rede, ele começa a navegar, e agora tem um servidor Proxy que manipulou o número IP do seu próprio computador (número de segurança social do computador). Agora, quando você está navegando pelo computador da outra pessoa, significa que você está usando-o como um HOSPEDEIRO. Mesmo agora, você tem proteção decente. Mas como eu disse! Você não trabalha na confiança, você trabalha com controle. O computador hospedeiro hackeia pelo menos 3 computadores adicionais. Uma vez feito isso, é hora de fazer o ataque ao alvo. Só para tornar isso um pouco excitante e mais interessante, ele vai falar abaixo sobre um ataque completo a uma empresa maior. A empresa tinha grande músculo financeiro e a coisa mais banal sobre esta empresa era que eles estavam fazendo negócios de TI, o que se tornou um desafio maior para entrar. Não foi um grande trabalho, e ao mesmo tempo eu não quero dizer que foi fácil também. Mas tudo é simples quando você pode, independentemente da indústria.

Erik vinha fazendo pesquisas na empresa há muito tempo, e ao fazer várias consultas sobre os vários produtos da empresa, ele testou tanto para preencher seus formulários na web, quanto que ele enviou e-mails comuns para a empresa. Erik rapidamente descobriu que seus formulários na web eram tudo menos seguros, já que muitos tinham sérias falhas de segurança. Essas deficiências de segurança possibilitaram o controle de onde a solicitação iria aterrar, mas redirecionar todo o questionário seria facilmente notado. Então Erik simplesmente criou uma cópia de todos os seus e-mails a partir desses questionários. Estes não poderiam ser notados se eles não entrassem nas estatísticas do servidor de correio. Só então eles seriam capazes de ver que houve muitos e-mails com base em seu servidor de e-mail. Mas como eles não pareciam fazer isso, Erik poderia continuar imperturbável na obtenção dos e-mails. O que, então, ele poderia razoavelmente obter com essa informação? Como Erik nos disse antes, as palavras-chave para o sucesso são precisão e controle. No segundo que você pensa na palavra confiança neste momento, você é simplesmente fumado, e você pode então perceber que você está no negócio errado. Confiança é uma palavra com a qual não há sucesso nesta indústria.

Outro erro comum que muitos cometem ou sofrem, é a ganância. Ao fazer muita interferência em seus negócios, maior o risco de ser descoberto. Um deles se concentraria em tomar um pouco, e por muitas empresas diferentes em vez disso, mas sentar-se com os dólares de uma empresa redirecionando-os através de seu próprio teclado para o destino desejado, parece quase irreal. Há muito mais trabalho básico necessário antes que isso possa ser feito. Mas chegaremos a isso mais tarde.

Através de vários diálogos com a empresa, Erik foi capaz de obter as pessoas-chave que poderiam sentar-se em senhas importantes e nomes de usuário que poderiam ser bons para adquirir, mas discutir com uma empresa que você esvaziaria dólares e outros valores, requer um certo talento de atuação. Erik não queria levantar suspeitas entre a empresa, então, jogando útil contra a empresa, ele foi capaz de encontrar as pessoas que gerenciavam páginas web e servidores. A maneira mais fácil é abrir, abrir um diálogo. Erik passa pelo site da empresa para encontrar tudo, desde erros de digitação em seu site ou outros defeitos. Esses possíveis erros são muito, gratos às empresas por descobrirem, já que os sites são a face pública das empresas para os clientes. Uma empresa séria não quer ter defeitos no site, e mesmo um monte de erros de digitação em tal página dá uma impressão menos séria em um cliente. Pode ser percebido como se o pessoal ou a empresa não pudessem soletrar, e o fato é que uma empresa não é mais forte do que o elo mais fraco. Ao enviar e-mails para a empresa sobre esses erros, Erik chegou à pessoa certa dentro da empresa, Erik deliberadamente enviou e-mails para a pessoa errada na empresa, sobre esse erro ou problema particular, tele razão para isso foi que o pessoalque, por exemplo, trabalhou com atendimento ao cliente não podia ver o que era aplicável ao site, mas agradeceu muito por Erik ser útil ao chamar a atenção para o erro, e que eles nos encaminharam para a pessoa certa. Erik simplesmente conseguiu o nome da pessoa certa, mas muitas vezes eles também enviaram com o endereço de e-mail da pessoa no e-mail de informações.

Capítulo 7

Para atendimento ao cliente era apenas um caso normal, para responder ao cliente que enviou o e-mail, mas não para Erik. Pelo fato de que as respostas vieram das diferentes pessoas, ele foi capaz de dividi-las nas diferentes redes, bem como a que grupo de trabalho pertenciam, e desta forma Erik poderia facilmente isolar as pessoas que eram importantes. Muitas grandes empresas têm um departamento de apoio, mas isso não significa que elas estejam na mesma sala, ou mesmo no mesmo lugar. Assim, este isolamento era importante para que Erik pudesse facilmente atacar o computador da pessoa certa. Afinal, esta indústria não é conhecida por dar uma segunda chance se fracassar. Não! Havia regras simples nessa área. Erik simplesmente simplesmente IN & OUT, Então, dessa forma foi muito, simples. Quando ele projetou as diferentes redes, e conectou IP não. com o computador de cada pessoa, ele começou com o próximo passo. Erik teve que começar verificando se todos esses números de IP estavam ativos enviando uma chamada em seu IP não. Em linguagem especializada, diz-se que você ping um computador, ou melhor, um IP não. É o caso de que todos os computadores que estão em redes são protegidos por muitos roteadores e firewalls.

Quando Erik envia chamadas para esses firewalls, ele se torna cross-top, que está incluído desde o início, mas através de diferentes programas você recebe o tipo de firewall contra o qual você luta, e pode, assim, começar o trabalho de quebrar o firewall. Quebrar um firewall é como jogar na loteria. Nunca se sabe quanto tempo levará até receber um pagamento. É um processo de aplicação que deve loop todas essas combinações como ele pode ser. Enquanto os loops estão em andamento, certifique-se de trabalhar na preparação de como, e para onde enviar esses dinheiros ou bens de capital. Uma regra básica que você NUNCA deve comprometer, é descobrir, no mínimo, independentemente de ser quase inofensivo. O controle prevalece.

Ao direcionar ascoisas, você acrescentou, ela deve ser enviada ou depositada em uma conta bancária em países que não fornecem informações à Suécia de forma alguma. Quando você está ativo nesta indústria, você já tem um monte de empresas estrangeiras. As empresas que não são estatais suecas têm a menor oportunidade de alcançar com o braço da lei. Depositá-lo na Suécia seria como um trabalho desfeito, mesmo que você não colocá-lo em qualquer conta que o levaria pessoalmente, por isso deve, naturalmente, levar a alguém que, por sua vez, deve retirar o dinheiro. Então você tem, que você chama de um elo fraco. Então, não é uma boa maneira, então você constantemente iria e se preocupava com quando essa pessoa vazaria (fofoca) informações. Pode até haver pressão dessa pessoa se ele ou ela quisesse pegar um pedaço maior do bolo. Se eles não recebessem uma parte maior do bolo, tal pessoa poderia vazar, só para prendê-lo. A ganância é uma doença perigosa com a que Erik nunca negociou.

Evocar grandes somas está associado a grandes problemas e muito trabalho, por isso a organização usou Big Mama, que também era chamado de Goblin kid, que tinha o controle dessas figuras quando ela governava todas as mulheres de luxo, era uma maneira muito inteligente de obter o controle de tais somas de dinheiro. Bob Cole acha que está endo lavado muitos dólares, o que ele diz a Henke, mas ele não vê isso como estranho ainda. Muitos usaram o chamado goleiro para tirar o dinheiro. Um goleiro é uma pessoa que monta uma conta bancária e leva a batida quando os policiais chegam, mas a organização tinha o Goblin kid. Pessoalmente, Erik ficou tão assustado com o que aconteceu no início de sua vida, o que significava que ele não confiava em ninguém, mesmo em seu próprio reflexo, pois poderia ser grampeado.

Erik e Jim OneBone fizeram pequenos aplicativos (pequenos programas) que abririam, vários cartões de crédito fictícios. Criar um cartão de crédito leva cerca de 10 a 15 segundos e, em seguida, é totalmente utilizável. Assim, você pode trocá-lo pela internet sem o menor problema. Fazer cartões de crédito era menos problemas do que saber para onde enviar o dólar. Bastante patético quando muitas pessoas não sabem como repor suas contas, mas como Erik sempre disse ao longo de seu tempo ativo como criminoso, que o problema não era como acessar o dinheiro. Não! Em vez disso, era como enviá-los, e como mantê-los com segurança sem ser invasão com as autoridades na cobertura. Ambos criaram de 20 a 30 cartões de crédito diferentes para poder fazer muitas compras de meio tamanho, elesusaram diferentes números de cartão de crédito e também usaram diferentes provedores de cartão portanto, eles fizeram alguns cartões com recursos Visa e alguns Mastercard. Qualquer coisa para isso pareceria perfeitamente normal. Em princípio, os números do cartão sobre os valores máximos poderiam ser usados, mas por que usar limites máximos, então você só saca em mais uma verificação do provedor de cartão. Não se deve escancarar uma peça muito grande, como é tão sabiamente chamada.

Uma vez que o firewall foi quebrado, foi apenas para plantar um pequeno arquivo que iria descobrir em quais URLs a equipe responsável entrou. Uma vez que o arquivo estava no lugar, era apenas uma questão de se aposentar, e alguns dias depois indo para baixar o arquivo que armazenava as informações que Erik queria superar. Eles chamam esses vírus de spyware, e isso é exatamente o que era. O programa era apenas a tarefa de registrar as teclas que a pessoa fazia. Assim,foi, muito, fácil ver onde estavam surfando, quais senhas e nomes de usuário que a equipe autorizada usava. Uma vez que ambos receberam essa informação, o próximo passo começou.

Agora, seria despercebido assumir o controle dos servidores de e-mail, a fim de poder tirar quaisquer avisos das empresas de cartão de crédito. Criando novos endereços de e-mail e encaminhando e-mails importantes, isso poderia tornar a empresa suspeita. Ao acessar esses servidores de e-mail, a última vez que acessaram esses servidores de e-mail foi usada. Se você sabe como um servidor de e-mail funciona, você também sabe que estes geralmente usam portas padrão. Portas como 25 e 110 são as chamadas portas padrão. Uma vez neste servidor, Erik tinha 100% de controle do e-mail da empresa. Este passo foi apenas um passo preparatório, mas também um chamado backup extra se algo der errado.

Esse controle de e-mail poderia economizar minutos, minutos cruciais, tão cruciais que esse controle sempre foi realizado. Agora pode-se perguntar se as empresas de cartão de crédito não possuem um telefone regular para que possam, assim, ligar e avisar sobre essas compras, que eram diretamente ilegais. Absolutamente eles poderiam, mas a coisa é, que a responsabilidade pela compra adequada é compartilhada entre três partes diferentes. Ou seja, a empresa que vende os produtos tem obrigações de ser séria. O que significa que a empresa deve estar limpa das irregularidades para poder utilizar esse serviço da empresa, que instala esses sites de compras online. A empresa que abre, as lojas virtuais garantem que garantem pagamentos seguros pela rede contra empresas de cartão de crédito. Assim, isso normalmente leva muitos dias antes que isso seja descoberto. Como todas as empresas querem fornecer ao cliente soluções simples e inteligentes, elaabre, até esses golpes, e pelo fato de que essas soluções inteligentes são gerenciadas por computadores, pode-se manipular esses sistemas. Para começar é certo! O computador é uma máquina lógica. Se não houver obstáculo, realize a solicitação do computador. O check-in e a saída de e-mails estão em uma boa arma, e com este cheque foi fácil excluir todas as contas de e-mail, o que teria tornado ainda mais difícil para a polícia e a empresa investigar o crime.

É provado que, como pessoa, você só lê as primeiras letras de uma palavra, e então o cérebro conecta a palavra em si. Ao explorar essa manipulação, foi fácil criar endereços de e-mail semelhantes nos nomes de domínio da própria empresa. Em seguida, eles vêem que o e-mail vem de seu próprio servidor da empresa, que é o nome de domínio da empresa. Então, nada estranho, mas algo que criou grande sucesso foi ler as cartas do gerente mais alto. Acima de tudo, os e-mails que o próprio gerente escreveu. A razão foi aprender o vocabulário dessa pessoa quando tal e-mail deste gerente poderia ser revelado escrevendo os tipos errados de frases. O homem é, como eu disse, uma pessoa habitual e um inconscientemente usa o mesmo tipo de palavras ou frases, e isso era o que poderia tornar a vingança de Erik possível o tempo todo.

Você desenvolve sua própria maneira de escrever. Talvez o chefe esteja sofrendo de um problema de estaca. Em seguida, um e-mail sem um erro de digitação seria absolutamente devastador, especialmente se o gerente já enviou um e-mail para a pessoa em questão que você agora exploraria. O gerente de vendas ficou impressionado quando ele era mais interessante para obter o controle. Isso permitiria verificar se qualquer funcionário com menos poderes pediria ou simplesmente faria uma amostra no sistema que levaria o funcionário a fazer consultas com o gerente de vendas se ele achava que a compra deveria ser feita. Essa abordagem foi usada principalmente quando se tratava de pagar uma fatura.

Todas as formas de fraude são baseadas na manipulação de uma forma ou de outra, e se alguém sabia disso, era Bob Cole, e não ser capaz de confiar em uma pessoa o deixou mais paranoico com a visão de Erik sobre a teoria. Erik tinha certeza que os exemplos se aproveitam das falhas humanas.

Como os humanos leem seu cérebro pelo menos 3 a 4 palavras em 0,25 segundos, o que significa que mesmo que você fosse ler mais devagar soando a palavra, seu cérebro não traria mais informações para isso, a teoria de Erik foi cuidadosamente pensada. Então, uma fraqueza no homem, e fraqueza é o que a fraude é basicamente baseada, fornecendo pouca e boa informação, mas não completa. Se as informações estivessem completas e corretas, o delito não teria sido possível.

Erik sabia que só escolhendo as joias de uma fraude, ele corre o risco de ser exposto muito cedo, quando as pessoas não gostam quando tudo é muito bom. Não! É importante, como na vida real, equilibrar e criar uma mistura de condições boas e ruins. A maioria das pessoas se apega à esperança. A fraude geralmente é baseada na vítima fazendo algum tipo de ganho financeiro. Ao apresentar um acordo, é importante apresentar papel elegante e preciso. Os papéis devem ser tão bons, então eles são basicamente melhores do que os papéis originais seriam. Erik deve ser capaz de dar ao vulnerável a oportunidade de controlar as informações que ele mesmo apresenta. Erik e Jim OneBone tinham algum tipo de contato bancário ou outro tipo de referência. Jim OneBone é um velho eco-pro, e friamente espera que seus dados sejam verificados nas costuras.

É claro que este não é um problema, pois o pacote que você apresenta é apertado e cuidadosamente planejado. Ao viver dessa forma de trabalho, é extremamente importante que você seja competente no campo, quando a falta de conhecimento pode revelar o seunegócio. Muito pode ser planejado, mas certamente não tudo. Certas coisas como perguntas diretas dos vulneráveis devem ser sempre capazes de ser tratadas de forma calma e bem lida. Você nunca deve perder a cara, não importa que tipo de pergunta venha. Ninguém é tão bom que você tem respostas para todas as perguntas possíveis. Mas mesmo isso foi previsto por ter respostas de ação. Você poderia dizer que deve verificar imediatamente. Pode ser assim que você pode chamar um banco estrangeiro, e como você já tem empresas estrangeiras, você também tem um contato bancário estrangeiro. Agora é uma questão de realmente convencer o cliente que você está chamando o banco estrangeiro como eles dizem que devem fazer. Você pergunta ao cliente, por exemplo, se você pode pegar emprestado seu telefone residencial, se estiver tudo bem, para fazer essa ligação porque será caro ligar via celular, é claro que você pode ligar pelo telefone de casa. Você liga e pede para uma pessoa que possa responder às perguntas que a vítima pode ter. Quando entrar em contato com esse banqueiro ou mulher, diga "Olá" e pronuncie o nome do banqueiro alto e claro para que a vítima tome nota do nome.

A razão para isso é plantar uma semente, bem como dar uma impressão séria, quando a pessoa vulnerável tem uma sensação direta de que isso é real. A razão pela qual você realmente liga, e que você usa o telefone da vítima é porque você quer dar à pessoa a chance de pressionar a chamada de volta quando você as deixou, ou que eles poderiam mais tarde verificar sua conta telefônica onde você ligou. Então eles receberiam informações que confirmavam que ligavam para o banco, e quanto tempo a ligação estava acontecendo. Foi friamente antecipado que o cliente ligaria para o banco, e verificaria se o funcionário do banco existe, então tornou-se uma questão, é claro. O trabalho que está acontecendo pode ser descrito como a construção de uma casa. Você começa com a fundação porque é um pré-requisito para o sucesso. Mas, porém, abandonamos o caso por um tempo e voltamos para a empresa.

Quando você está para manipular uma pessoa com segurança, vocêtem que ter uma pedra fundamental. Esta pedra fundamental é baseada em alguns fatos, e documentos que a pessoa no início coletou quando o negócio é apresentado, e suas tarefas terão um significado muito grande. Contatamos a empresa de TI para fazer uma apresentação detalhada de nossa empresa e do que defendemos. Depois de deixar fatos básicos, como número de registro da empresa e nome da empresa, agora era hora de dar a impressão de que só queríamos comprar alguns equipamentos de informática para nossa empresa. Declaramos imediatamente que era apenas um pequeno investimento de cerca de 30 computadores e telas. O que não são muitas empresas, apenas encomendando assim para cima e para baixo. Psicologia reversa era tudo sobre.

Quando um vendedor ouve sobre essas quantidades, eles ficam muitointeressados, pois esses vendedores muitas vezes vão com um salário de comissão que é baseado no quanto eles vendem. Uma vez recebida a atenção do vendedor, é necessário atribuir-lhe tarefas que eram de interesse direto para aquele vendedor. Erik pensou que era uma forma de apresentação de slides mentais, que era curta e concisa. Ao pedir seu endereço de e-mail, você poderia enviar de forma rápida e fácil algum tipo, de demonstrações financeiras, gráficos financeirosou uma apresentação de slides. Ao esperar ao mesmo tempo que esse vendedor recebesse o e-mail, pode-se discutir o quão difícil era o mercado, quando havia muitos concorrentes, e através dessas discussões o vendedor foi informado de que Erik sabia do que estava falando, e isso fez com que esse vendedor ainda mais interessado em enviar uma cotação tão boa quanto possível à nossa empresa.

Ele sabia que as pessoas têm deficiências extremas quando se trata de lidar com muitas informações ao mesmo tempo. Uma pessoa não pode lidar com uma apresentação de slides em movimento enquanto recebe informações orais. A fim de bloquear essas informações que o vendedor viu em sua tela ao mesmo tempo, Erik falou sobre coisas semelhantes ao vendedor no telefone, mas demonstra que a informação desaparece da pessoa dentro de 15 a 20 segundos. Big Mama lavou grandes somas de dinheiro, e com a memória ruim de uma pessoa, ele pode ser capaz de fazer a vingança funcionar. A menos que Erik nags-lo várias vezes mais. A informação que é toda de duas maneiras diferentes ao mesmo tempo, só aparece quando, por exemplo, você a lembra, porque a memória de longo prazo do cérebro é ativada, e a pessoa se lembra do que foi dito anteriormente.

Agora pode-se perguntar por que Erik coloca tanta energia em tal trabalho. Ele faz isso para não "ir lá" após o golpe, quando tudo vem à tona porque então o golpe não será melhor do que o elo mais fraco. Erik não queria se expor a esses possíveis problemas, porque quando se trata desse tipo de negócio, é como um ECG, ou seja, ele pode balançar rapidamente na direção errada, mas com um acordo cuidadosamente planejado é impossível provar, então a lei é clara sobre este ponto. É trabalho do promotor provar que um crime foi cometido, mas com tal planejamento é extremamente difícil para um promotor provar. O promotor também tem o dever de objetividade de levar emconta, o que significa que o promotor também deve levar em conta se algo no caso fala no suspeito.

Uma vez que Erik recebeu a citação, foi apenas para enviar uma confirmação à empresa, que eles aceitam sua cotaçãoe, também, confirmar para onde enviar o equipamento. Quanto à confirmação em si, ele usa sua secretária, a quem empregou dentro da empresa. Ele manda um e-mail para o secretário, pedindo-lhe para imprimir a confirmação e depois enviá-la por fax, que é uma maneira comum de confirmar um pedido. O secretário de Erik, que não sabe o que está acontecendo, e que é basicamente um secretário contratado para o golpe, é a assinatura. Ele assina escrevendo o nome de Erik pelo próprio nome. Então, o nome do Diretor Executivo está nos papéis, mas a sis é assinada pelo secretário. Em seguida, você exclui o e-mail que enviou ao secretário indo para o servidor da sua própria empresa. Assim, nenhuma ordem veio do CEO responsável para o secretário, e, assim, criou uma dúvida, pois não foi o CEO que assinou a ordem, que foi enviado por fax para a empresa de TI.

Então um promotor deve provar que um crime foi cometido. Ou foi uma má conduta ou um mal-entendido? Não ha como provar isso. Assim, um tribunal não pode decidir, pois não é além de qualquer dúvida que um crime teria sido cometido.

Uma vez que a pessoa tinha confirmado a ordem como acima, o trabalho foi basicamente concluído. Quando o pedido chegou ao endereço da empresa, tudo o que você tinha que fazer era entregá-lo ao cliente. Agora Erik had para fazer o processo ao contrário. Ele desistiu das redes que usava como anfitriões, e onde ele usava suas identidades portanto, o próprio Erik não podia ser revelado, já que seu próprio computador nunca existiu, ino final Erik fez o que era muitoimportante he tirou o disco

rígido do computador e esmagou-o em mil
pedaços.

Muitos acreditam que você só poderia formatar
(vazio) o disco rígido algumas vezes, e que todas
as informações que estavam disponíveis nas
várias invasões, estariam sem deixar rastros. O
Estado tem muitos programas caros e
sofisticados para ser capaz de recuperar
informações de dados excluídas, mas ao quebrar
o disco rígido era completamente livre de riscos.
Quando ele então quebrou o disco rígido, era
apenas para espalhar as peças em lugares
diferentes, e se Erik tivesse deixado um disco
rígido quebrado, talvez pequenos fragmentos de
dados pudessem ser recuperados. Se é um risco
improvável que isso aconteça, Erik trabalhou
com controle.

Para voltar à preparação, ele nunca pode ser
muito minucioso. Claro, a necessidade de
controle torna-se quase mórbida. Mas não foi
nada que o próprio Erik refletiu como se sente
como uma segurança. Ao não confiar em
ninguém, ele descarta qualquer risco de alguém
ser capaz de revelar o que Erik está fazendo.

Capítulo 8

Para aquele ditado: se *uma pessoa sabe, ninguém sabe, mas,* se duas *pessoas sabem, então todo mundo sabe. Ao dizer a si mesmo constantemente que você nunca poderia confiar em ninguém,* a vida se tornou solitária, mas Erik se acostumou, quando ele escolheu se vingar da sociedade e de qualquer um que estivesse no caminho desta vingança. Muitos criminosos tentaram fazer o que Erik tem feito por 15 anos, mas apenas um punhado de pessoas conseguiram. Porque se eles conseguiram fazer o golpe, eles foram atrás dele. Pois o homem é um homem de rebanho, que constantemente de uma forma ou de outra quer chamar a atenção. Muitas vezes, foi essa atenção que eles assumiram. Eles simplesmente me disseram o que tinham feito às pessoas erradas, e que por sua vez não conseguiam manter a boca fechada. Invadir os sistemas de computador de outras pessoas, ou adicionar o dinheiro de outra pessoa, não é exatamente uma porta aberta para a amizade. Não! Apenas inimigos e inimigos, mas Erik não se importava, pois ele apenas se sentava e contava dólares, pois seria a coisa mais querida que ele tinha.

Erik trabalhou de duas maneiras ao mesmo tempo. Primeiro, ele assumiu o controle total do mundo digital exposto, controlando o fluxo de informações, onde ele poderia facilmente evitar quaisquer ameaças, como avisos de outros fornecedores. Erik dirigia o correio do gerente de compras completamente. Ao mesmo tempo, ele engraxou o vendedor dando uma boa impressão. Foi um trabalho extenso sincronizar constantemente as informações entre o vendedor e seu gerente. Foi extremamente interessante, pois ele realmente conseguiu testar suas próprias habilidades várias vezes, porque ele nunca soube quando falar um com o outro. Realizar uma grande fraude foi realmente trabalhoso porque a verdade era que poderia ir para o inferno, o mais rápido possível se ele apenas perdesse um pequeno detalhe. Enquanto Erik sempre tinha isso em mente, ele estaria gelado. E ele poderia dizer que é realmente, difícil, mas golpes são como qualquer droga, ele tem, tomar doses maiores depois de um tempo, para sentir o chute. Na vida de Erik tornou-se cada vez mais sofisticado o tempo todo para ser capaz de sentir esse tipo de chute de certa forma. Erik começou a fazer um nome para si mesmo neste primeiro ano, quando ele se saiu bem com o trabalho que ele empreendeu, o que é importante. Você pode fazer sapos em qualquer trabalho, mas não nisso. À medida que a notícia se espalhava, mais e mais pessoas pesadas emergiram do pântano criminoso. Essas pessoas não eram caras que foram encontrados diretamente sob as páginas amarelas. Eram caras muito sobrecarregados, e cuja saudação era gordura de arma na testa. Essas pessoas eram extremamente instáveis, e geralmente eram afetadas por drogas pela variante mais pesada, mas os caras tinham bons empregos, e isso significava dólares. Quando alguém disse dólares, Erik estava hipótese quando ia levantar muitos milhões. Então ele não tinha inibições, desde que as notas rosas fossem enroladas em grandes quantidades. Quem foi esmagado era completamente irrelevante enquanto o dólar veio, aqui estava uma terrível quantidade de sucção em que o desejo to apenas fazer uma comparação era como se você tivesse passado pelo deserto do Saara sem água, e quando você chegar, há muita água em um mesa, água que você não está autorizado a beber.

Então você pode entender um pouco melhor o desejo que Erik sentiu por vingança e dólares, mas esta comparação Erik não tenta justificar o que ele fez de qualquer maneira. Hans só me diz como foi. Como todas as pessoas que pensavam criminosos, Erik estava procurando um status no submundo he trabalhou para duas coisas, ele seria reconhecido como habilidoso em sua área, mas também que ele queria ser uma pessoa temível, era muito importante que ele tenha respeito.

Agora que os garotos pesados entraram em contato com Erik, era ainda mais importante. Ele estava se perguntando o que estava acontecendo, ninguém me disse o que fazer, apenas que foi bem pago, e eles não achavam que seria qualquer grande problema para Erik porque eles aparentemente já o verificaram. Erik achou extremamente estranho, pois não disse isso a ninguém que conhecesse essa gangue.

Quando eles estavam prestes a entrar em uma casa que estava em uma área residencial comum, Erik ficou mais do que surpreso. Este não era o bairro sombrio que ele poderia pensar. Quando Erik entrava na casa, eles saíam para a cozinha e uma vez se senta um homem, com uma barba na cabeça. Ele parecia tímido de uma forma mais distinta, e Erik não entendia o que estava fazendo lá, mas aparentemente este homem barbudo teria uma grande influência. Foi estranho quando o homem começou a perguntar ao Erik sobre o conhecimento que ele tinha nos dados. Pessoalmente, ele não estava exatamente interessado em nos dizer qual era o seu conhecimento, já que este homem nem sequer tinha dito seu nome. Não me sinto bem, porque ele não sabia se era um policial com quem estava falando, ele poderia ser qualquer um para Erik. Ele respondeu um pouco brevemente dizendo seu nome, Sam. Quando ele disse seu nome, Erik percebeu que ele tinha pousado na cozinha do inferno. Este Sam era o maior traficante da época.

Agora Erik sentou-se na cozinha daquele homem e teve um pouco de vômito pediu seu nome. Bem, eusinto muito. Pode não ter sido uma boa ideia ser arrogante com este homem, mas ele não mostrou que tinha me percebido desagradável, o que significava que Erik respondeu suas perguntas. A única coisa que girou em sua cabeça foi que ele não se envolveria em nenhum negócio de drogas. Era um mercado que ele não tinha conhecimento algum. Quando Sam perguntou se Erik consideraria fazer algum trabalho para eles, era extremamente duvidoso que ele não quisesse se envolver com drogas. Sam respondeu que falaria com seus contatos e queria que eles fossem ouvidos novamente. Ele perguntou se Erik consideraria dar-lhe o número do celular, que ele lhe deu, infelizmente.

Ele entraria em contato se esse trabalho aparecesse, o que ele não nos contou. Assim que eles estavam saindo, o filho de Sam vem comer. Quando ele tira o pacote de flocos de milho, o garoto encontrou algo completamente diferente dos flocos de milho. Sam tinha colocado detonadores que estão lá para explodir vários explosivos, também. Erik tinha uma pequena alavanca nas calças, agora que ele tinha acabado em, algo que ele se atrasaria para esquecer. Erik não sentiu imediatamente que eles estavam ameaçando de qualquer forma, provavelmente foi mais que começou a sentir como se ele estivesse em um filme. Na saída da casa do Sam, eles são recebidos por dois caras grandes. Um cara parecia um mutante e veio de um banho de ácido. Seu rosto inteiro não era deste mundo. Essas duas pessoas mais tarde se tornariam o cobrador de dívidas do Sam, o cobrador de drogas.

Erik começou a entender que poderia haver problemas se eles se tornassem inimigos, ou se algo desse errado, e ele simplesmente não queria se colocar em tal posição. Agora ele iria embora sem saber se haveria um emprego ou não. Erik nem sabia o que era.

Mais uma vez em casa, os pensamentos começaram a girar. Erik, que era uma pessoa que queria controle total, não tinha o menor controle agora. Um sentimento muito desagradável. Depois de uma semana, Sam ligou para ele no celular, e queria vê-lo no mesmo dia. No final da tarde, Erik e seus amigos foram para casa para Sam. Eles foram recebidos por Sam na porta. Ele disse queestamos saindoagora, e podemos conversar no carro. Ele não se sentia seguro falando em sua própria casa. Sam ficava falando sobre ser vigiado, e como SAPO estava olhando para sua casa e grampeando seu telefone, ele estava intrometido. Depois que começaram a dirigir, Sam me disse que queria mostrar onde atacar. A sensação que Erik teve era que ele estava no gelo fino, quando ele só queria trabalhar no mundo digital, mas agora parecia que ele estaria no físico. No exame físico onde você não podia mudar sua identidade quando precisava. Era como se o próprio Erik fosse o hardware, em vez do software. Mas que escolha ele tinha agora? Quando ele estava no mesmo carro de um grande traficante que não via exatamente um "NÃO", como resposta. Eles estavam se aproximando de um porto. Sam disse que eles não ficam ao longo da cerca para falar sobre o que ele queria que feito.

Os amigos do Erik dirigiram o carro, e o Sam
sentou-se ao lado dele. O próprio Erik estava
sentado no banco de trás atrás de Sam. Sam só
falou com Erik. Ele já havia dito que não gostava
dos amigos. Agora ele perguntou ao Erik se
podia entrar no sistema do terminal? Erik
respondeu que, enquanto o sistema de
terminais estiver on-line, poderia ser possível, o
que ele parecia gostar. Ele começou a falar
sobre dois trabalhos diferentes, e ambos
tocaram neste porto, mas mais ele não quis
dizer quando os amigos de Erik estavam no
carro, Erik e Sam acabaram fora do carro para
continuar com o acordo sobre este trabalho. Ele
então perguntou mais uma vez se ele poderia
realmente confiar nos amigos de Erik? Com
certeza, foi sua resposta direta. Sam não gostava
mais dele por isso.

Sam queria que Erik entrasse no sistema de
computador do terminal portuário onde todos
os contêineres estavam registrados em um
banco de dados e ver o que eles continham. Ele
aparentemente tinha duas ordens diferentes
que ele em breve informaria seus compradores
ou o like se ele, era possível realizar. Sam disse
que ele só poderia ser útil com um caminhão, e
que ele tinha um contato que poderia
possivelmente obter selos para contêineres
como estes sempre foram selados. O resto ele

queria que Erik consertasse para que eles pudessem entrar com um carro de contêineres. Os recipientes que Sam e seus sócios estavam interessados continham jeans e o outro conteria carne congelada.

A carne já foi encomendada e vendida, se eles a tiraram do porto de forma suave.
Para remover o recipiente com jeans foi um pouco mais fácil, pois não precisava de um carro de reboque que tivesse refrigeradores. Com uma tonelada de carne que estava congelada, eles tiveram que encontrar um trator de reboque, porque caso contrário eles logo ficariam lá com uma tonelada de carne azeda. Mas como eu disse, não era problema do Erik, quando o Sam tinha assumido aquela parte com os caminhões.

O próprio Erik teve bastante dor de cabeça quando teve que entrar no sistema de computador do terminal. O problema que Erik tinha era encontrar o firewall que manipulava o número IP do computador que ele teria que entrar. Ou você tem um firewall real que se parece com uma caixa pequena, e que está em algum lugar naquele edifício, ou você usa um software que funciona como um firewall real, mas a diferença é que este firewall consiste, como eu disse, de um programa de software, e como ele lhe disse no início, há sempre uma fraqueza em um software. Você só tem que encontrá-lo.

Infelizmente, este terminal não tinha um programa de software que fosse o firewall deles. Não, eles tinham a versão difícil. Através do contato de Sam na porta, eles foram capazes de obter qualquer informação que ajudasse Erik, mas que as informações sobre seu firewall aparentemente dariam esse contato a Sam. Erik estavam em dúvida se isso funcionaria, e não conseguia ver como esse contato obteria o número IP em seu firewall. Parecia muito incerto. Erik e Sam voltaram para o carro, e Sam queria que eles dirigissem para outro endereço.

Os amigos de Erik estavam dirigindo pelo bairro, quando Sam não sabia em que portão a pessoa morava. Ou seja, um endereço que a polícia sempre estava de olho. Sam queria que os amigos do Erik ficassem, para que ele pudesse ir para o portão trancado. Erik ainda está no banco de trás e seu amigo ainda está ao volante. Sam caminha do outro lado da estrada e chega ao portão que estava trancado. Sam pega seu celular para falar com a pessoa no endereço. São apenas alguns minutos, então Sam volta para o carro e pula dentro.

Agora havia até um monte de polícia. Um carro cruza na diagonal na frente do carro, depois um atrás e outro na lateral paralela.
É a polícia, dirija... Gritando Sam.

Sam fica meio louco quando os amigos de Erik ficam meio paralisados pelo que aconteceu. Sam grita que ele vai correr até o meio-fio do lado direito. Então era o único lado, eles podiam passar, mas os amigos de Erik eram como o touro Ferdinand que parecia querer manter apertado no volante, com o motor desligado. Tudo isso aconteceu em 30 segundos. Antes que você percebesse, havia um agente da SAPO do lado de Erik e apontou uma arma carregada afiada para Sam, gritando que ele sairia do carro.

Capítulo 9

Erik sentiu como se estivesse com três maçãs de altura. Com uma arma afiada e um alto agente SAPO, você facilmente fica curto no casaco, e rápido, Erik pensou. Se você nunca experimentou ter uma arma afiada apontada para você, Erik pode dizer que todos os músculos de todo o corpo apenas liberam, e ele começa a mais, ou menos para agitar. Erik pensou que parecia que estava cerca de 40 graus abaixo de zero e.congela para que seus dentes tremam. Isso é medo puro, e a adrenalina que esguicha completamente em seu corpo. Droga, vamos lá! Pensei que Erik.

Sam abre a porta e a polícia pergunta meia-gritaria se eles estão armados, que pergunta eles preencheram três formulários antes e enviou uma mensagem de que tínhamos armas "Pergunta mais idiota que eu ouvi em muito tempo", diz Sam. Agora outro agente veio para tirar Erik e seus amigos do carro. Erik saiu e teve que ficar contra o porta-malas. Os amigos do Erik garantiram que logo pareceriam uma zona de guerra. Quando o amigo do Erik sai do carro, ele tira o chaveiro da ignição, então ele enfiou um dedo no chaveiro, então o chaveiro parecia um anel no dedo. Assim que ele desceu do carro, a polícia disse-lhe para colocar as mãos no teto do carro. Assim, ele, amigo de Erik, estava pronto para deixar a grande corrente de chaves fora de sua mão. O som que este chaveiro criou era um som metálico alto, um som que os agentes por trás dele pensavam ser um movimento de capa ou similar, o que significava que agora, era realmente um monte de arma que os agentes estavam acenando. Houve uma reação em cadeia quando o agente que puxou a arma reagiu do jeito que ele fez. Seus colegas não estavam atrasados em sacar suas armas também. Foi um pesadelo que os amigos do Erik mal pensaram que ele tinha passado. A polícia que chegou primeiro ao carro, se curva e brilha com uma lanterna sob o banco de trás onde Erik se sentou. Erik vê o agente saindo do carro, e em sua mão, ele segura uma pequena lata de alumínio, e ele faz isso sem luvas. Ele agora está segurando este frasco, que ele abriu. No frasco havia um saco plástico, e nele havia algo que Erik nunca esqueceria.

Durante a viagem de Sam e Erik, eles tinham visto este frasco, mas não se importavam com isso, mas confiam que Erik se importava com isso agora. Erik vê apenas os policiais olhando para o conteúdo, e então se volta contra seu colega. Erik podia ler o que dizia nos lábios. Era como se alguém parasse o mundo por alguns segundos. Tudo o que Erik viu foram seus lábios que moldaram a palavra D.R.U.G. Inferno! Erik disse logo, renunciou. Agora é realmente, e era como se ele tivesse uma experiência de quase morte emuito, ele estava pensando que o inferno ele estaria com essa pessoahoje para porque, Erik ficou tão puto consigo mesmo.

Você nunca deve trabalhar com o quepode, não porque então está indo do jeito que fez agora. Os pensamentos de Erik eram apenas como sair dessa merda aqui não era maneira de ele ir Sam ligapara ele, e diz que eles não vãofazer barulho, e que seu advogado vai tirá-los, mas o conforto fraco não sentiu. Meia hora depois, a Agente McGill estava pronta, e ela estava feliz quando esses agentes os levaram, e um minuto depois, uma porta da cela se abriu, e foi o Agente McGill que foi até a porta de Sam. Havia duas pessoas fora da cela de Sam e McGill. Sam apenas olhou para o agente, e escolheu não responder suas perguntas, então o police fechou a porta. De repente, Erik ouve uma voz que ele tinha ouvido anteriormente, mas ele não podia colocar essa pessoa. Era uma mulher, tanto que ele podia observar, mas quem era, é muito difícil de estabelecer. Agente McGill e a pessoa, com a voz feminina parecia familiar, era perceptível em sua maneira de falar. Eles foram quando Erik entendeu quem ela e começou a chutar a porta da cela, Big Mama o que o inferno você está fazendo coma porra do agente, ruge Erik, agora realmente girou os pensamentos de Erik Como diabos ela poderia negociar com um agente?

Erik queria ligar para Henke, mas como será. Erik estava preso, e sua credibilidade estava na Organização. Provavelmente os agentes tinham um informante, e parecia a Big Mama, mas Erik não podia jurar, mas soou assim. A ideia de chamar Henke aumentava a cada vez, embora os poderes de Erik fossem limitados.

As duas pessoas conversaram por muito tempo e provavelmente ficaram na unidade de matrícula, porque Erik não podia ouvir o que eles disseram um ao outro, mesmo que ele estivesse sentado na cela perto de ambos, deles. Quando as duas vozes ficaram em silêncio, apenas Erik ouviu sapatos de salto alto que estavam se movendo em direção a outra entrada. Provavelmente foi o som de Big Mama (goblin kid), que informou este agenteMcGill sobre a situação atual. Erik enlouqueceu só com o pensamento doente que ele tinha, mas sem provas Erik não poderia dizer se ela tinha fornecido informações ao Agente McGill. Agora Erik estava frustrado, e notou Sam na segunda ce´lula também, quando Erik chutou e bateu na porta da cela, e disse que queria fazer uma ligação, depois de alguns minutos veio uma polícia e bateu de volta, e se perguntou o que diabos ele queria?

Eu quero ligar para o meu advogado?
Cale-se para cima! Vocênão pode ligar para seu advogado hoje. Respondeu o guarda.

Sim, eu entendo e você pode, não parar ou recusar-me essa conversa, você agora, bastardos polícia.

São quase 10:30, e por que você não liga para amanhã? Sajude o guarda.

Não, vou ligar para o meu advogado agora. Erik responde um pouco irritado.

Ele soltou Erik e eles começaram a ir para o elevador para ir até o 3 andar, mas eles têm que esperar até que haja outro policial, então eles não estão autorizados a subir com o próprio Erik, por causa do nível de segurança, leva apenas alguns minutos e outro policial vai com. Então havia três pessoas no elevador para que agora eles pudessem ir. Todos foram até o plano 3, e quando estavam lá, um dos policiais deixou a área, e o outro guarda sentou-se à mesa e monitoraria tudo, para que não aparecessem coisas inapropriadas durante a chamada.

Justo quando Erik estava prestes a ligar, então o guarda ficou quieto? Erik perguntou se ele não iria? Não, meu jovem, eu não vou sair daqui.

Erik então perguntou ao guarda por que ele não podia se chamar, já que ele nem sequer foi condenado pelo crime que ele chamou, ele só queria fazer sua aparição.

Então acho que tenho o direito defalar com meu advogado,não estou condenado. Diz Erik.

Erik, esqueça, e ligue para o seu advogado. Respondendo, ele guarda.
Logo na ligação deles veio um policial que subiu no elevador e abriu a porta. As pessoas que se sentaram na mesa perguntaram aos policiais se um detento poderia se chamar, é claro que eles podem, eles são livres e só presos, então a maioria dos direitos que eles têm direito. Ou seja, eles podem se chamar, mas apenas para o advogado ou representante relevante.

Erik sabia que o advogado responderia com uma chamada e teve que deixar uma declaração para seu advogado e para Henke que provavelmente há um infiltrado na Organização. Quero que você verifique o que big mama (goblin kid) tem com o agente McGill. Verifique todas as possibilidades porque, é estranho. Falarei com você de volta. O Erik.

Após a chamada, o guarda veio e a outra polícia e os três desceram para a cela novamente. Havia muitos pensamentos que Erik tinha, mas foi completamente sem respostas, como de costume.

Capítulo 10

De manhã, ele estava muito cansado. Três foram presos, mas o amigo de Erik foi solto imediatamente pela manhã, mas nem Erik nem Sam estavam livres. Eles tiveram que esperar pelos resultados do laboratório forense da SKL= *Staten, então havia* muitas horas sem dormir para Erik e Sam. Já depois do café da manhã eles vieram e deixaram Erik sair, quando teve o resultado da SKL, que mostrou, que Erik não tinha nada a ver com as drogas.

A polícia que libertou Erik, ele pediu para deixar o lugar, e que antes ele mudou de ideia e teve que ficar atrás do cadeado.

A polícia que libertou Erik, abriu uma porta lateral para que ele pudesse deixar a custódia. Essa porta também é chamada de "A Porta da Vergonha" onde todas as pessoas se sentam, e onde a polícia tem que libertar alguém por falta de provas, ou um bêbado que bebeu e precisa ficar sóbrio e aquele que sai que foi preso.

Sam foi deixado sob custódia porque eles provavelmente tinham encontrado algo que poderia ligar Sam a um crime. O advogado de Sam veio depois do jantar e deixou claro para a polícia que todas as impressões digitais seriam entregues ao advogado que foi encontrado pela

SKL. O agente que encontrou a lata solta com uma lanterna, e depois pegou aquele frasco sem luvas que ele não deveria ter feito. O advogado tinha sido autorizado a falar com Sam e sabia sobre essa informação.

No dia seguinte, Sam saiu da prisão porque poderia ser a polícia que pegou a lata e deixou impressões digitais. Como o advogado sabia dessa informação, e se aproveitou dela, Sam poderia ser solto por falta de provas.

Todos estavam felizes, e todos estavam em liberdade novamente. Os amigos de Erik tinham ido para casa com sua esposa novamente e prometeram a si mesmo não ser uma cola do governo novamente, e ele também tinha dito a sua esposa, para tranquilizá-la. Até o advogado ficou feliz com o resultado, e todas as pessoas estavam separadas. Dito e feito isso, Erik o Sam começou a discutir como seria a vingança. Não era muito seguro, já que Erik sabia que logo estaria em interrogatório. Acontece que a lata continha cerca de 12 hectogramas de heroína. Isso foi menos bom, e como Erik não era pessoalmente conhecido pela polícia nesta ocasião, ele podia sentir que ele poderia ser capaz de se safar em alguns anos. Foi um pensamento muito estúpido. Drogas são a última coisa com que se envolver, e especialmente com heroína.

Logo descobriu-se que Erik seria detido novamente, os agentes tinham prendido Erik e Sam. Lá estavam ambos na prisão e com alguns, para dizer o mínimo, agentebastardo safado que prometeu que tornaria a vida difícil para eles, se eles não confessassem seu crime. Erik não disse um som, sabendo o que aconteceria quando ele saísse se fosse considerado um guincho. Então, a boca estava, e permaneceu fechada sobre esta lata de heroína.

Mais uma vez, ambos tiveram que tirar o cinto, cadarços e esvaziar os bolsos de tudo. Então foi só para começar a fazer a cama com um travesseiro de plástico e um cobertor que cheirava a merda. Como Erik só tinha sido preso duas vezes, esta noite tornou-se uma grande preocupação para o futuro, e se ele veria seus filhos novamente.

Erik não dormiu um minuto na primeira noite, quando havia muita coisa acontecendo. Não só porque era uma vida infernal, mas também porque eles tinham sido presos pela primeira vez, e agora eles foram informados que o promotor decidiu prendê-los, sob a alegação que existia, e isso poderia significar de 3 a 4 dias naquela cela, uma incerteza que era excruciante. Pior ainda, Erik agora só foi e pintou um monte de pensamentos ruins, um pior do que o outro. As crianças estavam em foco o tempo todo, e como a mãe das crianças agiria, quando ela descobriu que Erik estava sendo acusado de crimes de drogas. Sim, estava suado.

No início da manhã seguinte, dois policiais vieram buscar Erik para interrogatório, foium interrogatório que foi muitocurto, eleinterrogador começou explicando que eles não achavam que   era a heroína de Erik, mas queriam que ele apontasse Sam como o dono dessa lata. Erik disse que eu não podia fazer isso porque ele não sabia de quem era a lata de heroína, o que não era mentira! Disseram que tinham fixado as impressões digitais do Sam na lata, então já sabiam que era a lata dele. A pergunta do Erik era por que ele apontaria uma pessoa quando eles já sabiam? Mas Erik não sabia de nada e não podia nos dizer. Se Erik tivesse sido cem que era de Sam, ele nunca iria apontá-lo, ou qualquer outra pessoa. É e continua sendo uma lei não escrita para nunca fazer delação de ninguém. Então a polícia disse que Erik poderia ser um accomplice para delitos de drogas. Esta foi uma tática de intimidação pura da polícia, para que ele ficasse com medo econtasse tudo isso a toda essa água corrente.

Mas havia algo realmenteerrado com o caso, mas Erik não conseguia descobrir o que era. Mas Erik não tinha dormido a noite toda, então seus pensamentos eram como xarope em sua cabeça, combinado com uma grande preocupação para o futuro.

Erik disse à polícia que queria um advogado se quisessem fazer mais perguntas. Então eles decidiram terminar o interrogatório. Erik pensou que talvez fosse porque eles iam conseguir um advogado para ele. Outro, a polícia entrou na sala de interrogatório, então isso o levaria novamente para a cadeia. Então ele foi preso de novo, e aqui estava ele nesta cela sombria que ele só queria sair. Enquanto Erik estava deitado no banco duro chamado cama, ele olhou para o chão, para a direita da porta da cela. Ele se perguntou onde estava para imersão no chão? Mas ele logo descobriu isso quando precisou acertar um sete (xixi). Erik foi até a porta para chamar o guarda para que ele pudesse ir ao banheiro, mas aquele guarda não era exatamente uma pessoa rápida.

Demorou mais de uma hora até que este guarda abrisse, para que Erik pudesse ir ao banheiro, então ele já tinha limpado, para que era a vaga no chão. Era o último recurso se o guarda não fosse chegar a tempo. Então você teve que fazer xixi no chão. Também estava lá para que os guardas pudessem dar descarga no chão se houvesse um bêbado na cama que jogou tudo no chão. Muitas coisas novas que Erik aprendeu durante essas horas.

Derepente, a polícia abriu a porta da cela e disse que Erik vai sair com ele. Eles caminham até aquele banco onde na noite anterior tiveram que desistir de suas coisas. Erik se perguntou o que estava acontecendo? A polícia disse que ele ia ser solto. Como é possível? A polícia pediu ao Erik para calar a boca, e que ele pegasse suas coisas e desaparecesse de sua vista. Uma declaração quea polícia não teria que repetir, já que Erik rapidamente e facilmente saiu do lugar para encontrar um lugar, para se atualizar. Uma vez fora da delegacia, tudo estava tãobom ver que tudo significava muito mais agora do que antes de ele entrar atrás das grades euera como se todas as pessoasque estavam na cidade fossem suas melhores amigas. Erik disse olá para tudo e para todos. Sim, foi um estranho sentimento de liberdade e ele se comportou como se tivesse a pior sorte. É como estar bêbado quando está mais feliz. Ele começou a pensar sobre seu desejo de vingança contra a sociedade, e se perguntar se lhe foi dada essa chance, para corrigir seu comportamento destrutivo. Erik queria acreditar que este era o destino que lhe fazia uma brincadeira, o que logo se tornaria um pensamento ingênuo. Alguns dias depois, Sam também tinha sido libertado, e Erik começou a se perguntar como diabos aconteceu.

O advogado de Sam criou uma vida infernal com a polícia e os promotores e pediu quais impressões digitais estavam na lata de heroína. Foi o laboratório forense da polícia que determinou as impressões digitais. Quando o advogado solicitou todas as impressões digitais, as impressões digitais do policial também deveriam estar na lata, e isso se tornou o ponto de absolvição neste caso. Quando o policial tirou a lata do carro, ele cometeu o grande erro, que ele fez isso sem luvas. Um erro que o advogado de Sam se aproveitou, e que permitiu que todos que estavam no carro andem livres, graças a Deus. Depois disso, Erik jurou nunca lidar com drogas, ou se colocar de volta em tal situação.

Agora que Sam estava livre de novo, ele queria que eles voltassem aos negócios como de costume. Erik se sentiu instável vários dias depois e não estava particularmente interessado em fazer qualquer trabalho para Sam, embora para Sam era pura vida cotidiana entrar e sair.

Erik estava agora de guarda e tinha desenvolvido um olfato que podia sentir policiais. Erik viu policiais por cima de tudo, eram 99% na cabeça dele, embora não houvesse policiais perto dele. Três dias depois que Erik foi solto, Sam queria se encontrar novamente. Eles deveriam se encontrar no meio de Malmoe em um endereço. Erik veio, esperando sam sair de um portão. Depois de um tempo ele vem, e tinha um saco de documentos preto com ele, Erik sentiu uma sensação desagradável em seu estômago. Não se sentia bem, como ele apenas sentiu o que o saco continha. Quando Sam entrou no carro, ele nos disse que seus contatos queriam que continuassem como determinados com o trabalho terminal. Erik se perguntou se eles não iriam ficar quietos com ele por algum tempo, quando os policiais obviamente estavam de olho neles, mas Sam não queria isso.

Sam parecia extremamente estressado com o trabalho terminal que Erik não podia acreditare no momento em que elesó tinha planos para otrabalho, e nada foi decidido. Ainda assim, Erik estava tão estressado como, desde que falamos sobre isso.

Erik sentou-se no carro e fez uma oração
silenciosa para que ele não falasse sobre o que
estava na bolsa, quando ele quase podia
adivinhar o que estava nele. Sam queria que eles
fugam fora de Malmoe. Ele não deixou cair a
bolsa por um segundo durante a viagem. Ao
longo do caminho, Sam diz a ele que Erik deve
sempre chamar seu advogado. Ou se você tem
problemas financeiros, você deve ligar para Big
Mama, não custou nada, o que ele foi muito
claro sobre, ele deixou um cartão de visita para
o advogado, e disse que Erik poderia agora ver
este advogado como seu contato legal.

Capítulo 11

Ele também disse que se algo acontecesse com ele, ou se ele voltasse para a prisão, Erik sempre reuniria informações através deste advogado. Sam também agradeceu por não ir fofocar quando eles entraram por último, e Sam disse que confiava em Erik. Mas eu disse a ele como era, que eu não tinha feito nada, pelo qual ele precisava agradecê-lo, mas ele sentiu isso. Depois de seu pequeno passeio Erik iria deixar Sam onde ele tinha anteriormente pegá-lo. Antes de se separarem, ele disse que ligará para Erik amanhã. Faça isso. Ele respondeu, e deixou o local com um pouco mais de pressão sobre o gás, quando Erik não queria ficar com essa pessoa por muito tempo. Erik achou que seu caminho estava bem, já que agora ele encobriu os honorários legais.

No dia seguinte, Erik sentou-se e esperou sam ligar para que eles decidissem quando começariam o trabalho terminal. Pouco depois das 13:00.m., houve uma chamada. Foi o advogado de Sam que ligou para Erik para dizer que Sam tinha sido preso, poucas horas depois de Erik ter deixado ele na noite anterior. Ele tinha sido preso, com um saco com um quilo de heroína. Sam mandou uma mensagem ao seu advogado que notificaria Erik para continuar com o trabalho terminal, que ele não reagiu muito, no início, mas quando a conversa acabou, Erik começou a se perguntar como ele poderia deixar tal mensagem para seu advogado, quando ele tinha sido preso com um quilo de heroína. Então o trabalho terminal deve ser a última coisa em seu caminho em seu caminho.

Provavelmente era a mesma bolsa que Sam tinha trazido com ele no carro de Erik, com o qual ele tinha sido preso. Henke tinha uma boa pessoa para este assunto, onde as dificuldades poderiam ser resolvidas, e esse era Bob Cole. Pensar se Erik tivesse entrado no apartamento, quando ele estava esperando ele sair para o carro, não, não havia falta de pensamentos desse tipo. Tornou-se uma atividade de pensamento extremo na cabeça de Erik por muitas horas naquele dia. Por volta das 17:00.m. Erik olhou pela porta e viu uma mulher e um policial uniformizado. Não senti que ele queria pular da varanda, como ele tinha um sótão. Era só para abrir.

Era uma sexta-feira, e Erik teria seus filhos mais tarde, quando era seu fim de semana. Quando Erik abriu a porta, eles queriam que ele viesse para a delegacia. A primeira pergunta do Erik foi: se ele estava preso? Não. Você é apenas griffin por um crime de crime de drogas. Do que você está falando? Teremos que fazer isso quando chegarmos à estação.

Erik queria trocar de calça quando ele só tinha um par de calças de moletom, mas não era difícil ele fazer isso, mas no final eles concordaram. Quando ele terminou, a policial deu um passo no corredor do Erik, porque ela ia colocar as algemas nele.

Deveria ser necessário? Erik perguntou.

Sim, é, ela respondeu brevemente.

Ao mesmo tempo, Bob Cole veio com um passo batido, e viu que Erik entrou em um carro da polícia, Bob disse à Organização e parecia preocupado.

Foi muito embaraçoso ter andado três escadas na casa em que Erik vivia algemado e dois policiais emiados como se toda a escada tivesse se encontrado naquele momento, ele motivo para essa curiosidade eraque a polícia tinha colocado o carro da polícia fora da escada, e todas essas vovós na escada se perguntavam o que tinha acontecido. Uma vez dentro do carro da polícia, a viagem foi até a delegacia para mais interrogatórios. Agora veio um velho e experiente policial que interrogaria Erik sobre um crime de drogas. Primeiro, ele estrategicamente iniciou seu interrogatório apresentando uma série de fichários que, segundo ele, conteriam crimes dos quais Erik era suspeito, mas que não podiam provar. Foi sua maneira de explicar que eles o observavam há muito tempo. Então o policial começou perguntando a Erik se ele conhecia um Sam. Foi difícil negar, pois eles haviam sido presos há poucos dias.

Sim, eu o conheço. Erik responde. Que negócios você tem entre vocês? Essa foi sua segunda pergunta, e minha resposta foi simples. Não temos nenhum negócio juntos.

Então este policial explica que a última coisa que Erik seria agora, era ser arrogante, pois ele é suspeito de um crime grave de drogas que poderia lhe dar de 8 a 10 anos. Erik teve uma sensação estranha durante o interrogatório, mas pensou que poderia falar com Jim OneBone, que é cortado e fatiado com sua experiência em drogas que seriam entregues, ou desse tipo. Por alguns segundos Erik ficou completamente em silêncio. Ele sabia que não tinha nada a ver com drogas e se perguntou de onde eles tinham obtido essa desinformação?

Temos a informação do seu amigo Sam. Sajudar
o policial. Sam disse que Erik era a pessoa dona
do quilo da heroína com a qual ele já havia sido
preso. Agora você tem que dar a mínima paraeu
ser um suspeito, eu quero um advogado
imediatamente, diz Erik em um tom irritado. O
oficial disse que se sentaria agora, ou passaria a
noite na estação, o que Erik tinha pouco desejo
de fazer, e ele não queria fazer outro barulho
sem um advogado. A polícia disse que eles
acharam difícil acreditar nas declarações de
Sam, muito menos que Erik seria o verdadeiro
dono da heroína do quilo, já que Erik era
conhecido por coisas completamente diferentes.
Dados e crimes financeiros eram sua principal
área de trabalho, e isso fez com que o Ministério
Público fosse extremamente atencioso quando
lhe disseram que Erik estaria envolvido com
drogas. Agora ele enfrentou dois problemas
importantes. Era a verdade que este oficial lhe
tinha dito, ou sam não tinha dito nada?! Talvez
eles foram declarações do policial que eles
queriam colocar formigas na cabeça de Erik e,
desta forma, queria que ele confirmasse que era
a heroína de Sam. Mas os fatos eram que Erik
não tinha visto este quilo de heroína em
nenhum momento, quando Erik conheceu Sam.

Talvez fosse a maneira do Sam deenganar a
polícia. Erik ficou muito incerto. Quando pedi ao

advogado que Sam lhe tinha dado um cartão de visita, e quem ele queria, para defendê-lo antes da audiência, a polícia disse que ele pode ir para o dia, mas que ele ainda está como suspeito, e pode ser que eles o chamem para um interrogatório novamente. Agora Erik pensou que seu problema com Sam tinha acabado, mas falar sobre ele se enganar.

Alguns meses se passaram, e um dia houve uma convocação para um julgamento, o julgamento de Sam. Oh, merda que euera como se nunca fosse acabar e Erik teve que aparecer no julgamento quando ele entrou estava quasevazio, com exceção, do irmão de Sam, que também foi convocado para este julgamento. Seu irmão teve Erik se encontrou uma vez antes, então ele era familiar. Seu irmão disse que era importante que Erik não lhe dissesse nada, mas apenas diria que não sabia. Sim, foi uma tarefa extremamente fácil, pois ele não sabia nada sobre este assunto, então era apenas para dizer a verdade. Havia muito poucas perguntas que o promotor tinha para Erik, e a maioria das perguntas que ele foi feita, principalmente focadas em Sam e seu relacionamento. Nós somos apenas amigos não mais", responde Erik. O promotor pergunta se eles tinham negócios entre eles, mas não o fizeram. O tribunal distrital, então, perguntou apenas se Erik pedia custos de indenização por perda de renda ou compensação de condução. Mas ele não queria isso, porque ele se sentia feliz que sua parte tinha acabado.

A verdade, no entanto, era diferente. O irmão de Sam estava no comando agora, e ele queria que Erik continuasse com o trabalho no terminal. Não, sem chance! Erik disse diretamente. Então este irmão diz que Sam fez uma coisa estúpida enquanto ele estava fora. De acordo com seu irmão, ele havia comprado o quilo de heroína a crédito dos contatos comerciais que receberiam os recipientes contendo jeans e uma tonelada de carne. Mas issonão é problema meu! Erik disse.

Erik só tinha falado com Sam sobre esses acordos. Seu irmão então informou Erik que Sam tinha falado com esses caras e disse-lhe que ele tinha um cara que poderia facilmente entrar no sistema terminal. Agora começou a ficar desconfortável, para dizer o mínimo. Como poderia agora Sam ter feito uma coisa tão estúpida, levar um crédito com esses caras foi menos inteligente. Pois o fato era que Sam e a heroína alavancada era baseada em Erik entrando em um sistema de computador, e através desses contêineres, a dívida de Sam com esses caras seria paga, mas agora o problema era apenas, que tanto Sam quanto a heroína estavam em terras do estado e bem trancados. De repente, foi como se toda a pressão estivesse sobre Erik para resolver esses problemas. Agora era tudo menos divertido. Derepente, não havia dúvida se era possível entrar no sistema ou não. Agora seria apenas feito.

O irmão de Sam disse que Erik estava se encontrando com um representante desses caras eele estava tão interessado em saber que você era mais, ou menos forçado a fazer o trabalho, e que esses caras iriam ter uma cara em você. O que no mundo digital fez de tudo para evitar, aimprensa era quase insuportável quando Erik começou a perceber que estava enfrentando um trabalho extremamente arriscado. Um trabalho que ele não queria.

No dia seguinte ao julgamento, este representante viria a deixar mais instruções. A pessoa que veio estava falando finlandês-sueco e estava usando uma jaqueta de couro preta. Ele perguntou se Erik ainda estava interessado no trabalho, e seu primeiro pensamento foi que o irmão de Sam aparentemente mentiu para Erik. Ele tinha dito ao Erik que não havia como voltar atrás, e ele não podia dizer não para aqueles caras, era completamente insalubre fazê-lo...

mas o homem que veio pergunta se Erik quer, e não tinha o menor requisito sobre ele em relação a esse trabalho. O que foi que Erik perdeu agora, alguma coisa definitivamente não correspondeu desde que ele de repente tinha duas versões Erik disse ao homem que ele queria voltar com uma mensagem, o que ele achou que estava bem, o representante levantou-se para ir, depois que ele saiu, Erik estava realmente, louco com o irmão de Sam e exigiu uma explicação maldita hesentou-se calmamente e apenas olhou para Erik como se ele tivesse visto um fantasma.

Finalmente, ele disse que seu irmão tinha recebido uma carta desses caras através de seu advogado. Seu irmão recebe a carta que ele, por sua vez, tinha recebido do advogado de Sam. A carta simplesmente dizia que a dívida seria quitada, caso contrário, eles se certificariam de que ele fosse escolhido na cadeia. Não era mais, mas Sam estava obviamente muito assustado, como ele fez o seu melhor para ficar na prisão onde ele agora se sentou, e esperou por sua sentença, evitando assim a prisão por mais tempo. Ele deve ter confiado no Erik, já que agora era a única saída dele. Seu irmão era agora de repente muito humilde para ele, quando ele também estava preocupado com seu irmão, que pegou emprestado uma quantia maior de dinheiro para comprar um quilo de heroína. Uma preocupação que foi realmente justificada.

Onde está Erik nessa miséria? Ele tinha seu ódio, e seu desejo de vingança que ele queria ganhar muito dinheiro, e se ele tivesse sido um pouco sensível na época, ele tinha acabado de virar as costas e se afastou, mas infelizmente o desejo por dólares, e o desafio era muito grande para se abster, o que fez Erik aceitar esses caras. Uma nova reunião foi marcada, onde Erik disse o que tinha para reivindicar indenização se eles tivessem sucesso, e que informações ele precisava para entrar no sistema terminal. O contato de Sam no terminal agora fez seu irmão correr, e os caminhões ofereceram aos outros garotos para consertar. Agora havia muito trabalho a fazer. Erik queria 250 000 SEK quando o trabalho foi feito. Um preço que era puramente muito barato, que não era o menor problema para passar. Eles provavelmente pensaram que Erik era um pouco estúpido quando ele pediu tão pouco, mas parecia uma boa soma então, e Big Mama (Goblin kid) poderia talvez redistribuir este capital para que Sam pudesse pagar sua saída de seu inferno.

Enquanto o irmão de Sam estava organizando as informações que Erik precisava, ele verificou quem era o responsável pela recuperação desses contêineres. Apenas fazendo algumas ligações simples, você descobriu um monte de informações valiosas. Quando Erik coletou essa informação que era relevante para saber, ele começou a procurar anfitriões. Jim OneBone estava procurando por hosts adequados para cobrir a identidade do computador de Erik. enquanto Erik estava procurando um servidor proxy adequado. Um servidor que estaria longe deste país, mas também era importante que esse servidor proxy não fosse eliminado para que ele simplesmente não perdesse contato com esse servidor proxy porque através desse servidor ele tinha contato com os vários hosts. Então pareceria que foram esses hospedeiros que atacaram o computador terminal.

Erik também disse que queria coletar papel, como notas de remessa e outros papéis que eram diretamente necessários para realizar este negócio. Ao contrário de outros trabalhos de hackers, Erik não tiraria nada deste terminal. O que ele ia fazer era descobrir quais entregas eram de interesse para eles, já que as mercadorias eram especiais. Jeans e carne, não foi mais difícil.

Erik só descobriria onde essas mercadorias estavam, e em que contêiner eles estavam, e então ele também arranjaria documentos falsos em notas de remessa e assinaturas. O irmão de Sam também organizaria a vedação necessária para fazer a situação parecer completamente normal. A pegadinha era entrar em um chamado contêiner vazio sem despertar muito interesse. Mas acima de tudo. Por que entraria na área do terminal portuário, sem muitas perguntas, se perguntava Jim OneBone, que parecia completamente questionado.?

Capítulo 12

Por meio de todos os telefonemas que Erik fez, ele conseguiu descobrir quem era o responsável pelo carregamento naquele dia em particular, então ele estava apenas fazendo papéis falsos que pareciam melhores do que os reais. Acho que foi o que mais demorou. Por meio desse contato que Sam teve no terminal, seu irmão conseguiu um lacre, com o alicate necessário para lacrar o contêiner. Em seguida, um selo confirmando que foi impresso dentro do escritório do terminal. Agora o trabalho começou a encontrar o firewall deles. Erik começou a digitalizar seus sistemas através de vários programas, para realmente verificar se ele teve algum contato com sua proteção final. Quando ele escaneou e encontrou este firewall, era hora de enviar um sinal (ping), para ver se este firewall respondia. O que aconteceu. Então era hora de iniciar o processo de looping, que quebraria este firewall com um monte de combinações diferentes. Como Erik já sabe, isso pode levar algum tempo, e ao longo do tempo ele teve contato com os clientes, que também estavam interessados em como foi. Entrar no firewall do terminal começou a assumir as forças, mas não fisicamente, mas, todos, mais psicologicamente. Muito era para a pressão que Erik estava sob, para corrigir isso, quando o fracasso poderia ter consequências devastadoras para uma pessoa que ele mal conhecia, mas ainda queria ajudar. Talvez tenha sido a sucção de Erik que mais chamou a atenção, mas ele ainda pode se perguntar hoje se sua consciência não tinha desaparecido completamente neste momento. Porque algo dentro de Erik queria ajudá-lo, embora fosse criminoso o que estava acontecendo. Erik sempre se protegeu, pensando que era para a vida de outra pessoa, que ele fazia isso, e que ao mesmo tempo ele sabia que naquela época ele negou a verdade para si mesmo.

Levou mais de dezoito horas para quebrar o firewall, que não era extremamente longo, mas considerando o que ia ser feito, foi muito frustrante ter que esperar essas dezoito horas. Agora era hora de entrar no banco de dados deles, que também estava protegido por senha, mas não era muito, difícil, continuou por menos de uma hora. Quando Erik estava agora dentro do sistema, ele teve que entrar em um novo IP não, para que o firewall aceitasse seu computador. Jim OneBone teve o cuidado de digitar este número IP, caso contrário Erik seria hackeado cada vez que ele entrou, e não havia tempo para. Erik simplesmente colocou o número IP do host como uma exceção no firewall, o que significa que o firewall impede todas as invasões do outro IP não. Desta forma, seu firewall não registraria suas pequenas visitas como intrusão direta, já que seu número de IP agora era aceito no firewall.

Agora Erik rapidamente tentaria obter uma imagem de quais entregas, que eram mais adequadas quando o pedido way muito, específico. As roupas não eram problemas de encontrar, mas muitas vezes esses contêineres continham carga geral, que estava guardada dentro do terminal. Mas aquele que está procurando vai encontrar, e aquele que encontrar, tem procurado. Não é mais difícil. Agora foi só para chegar a uma solução inteligente. Então eles tiveram que fazer parecer que nada foi tirado do lugar e como você faz isso? Em primeiro lugar, aqueles que encomendaram a entrega queriam que eles resolvessem, como eles providenciaram para os caminhões. O irmão do Sam e o Erik deveriam quebrar a porca. Logo descobriu-se que seu irmão era tudo menos na fase de planejamento quando ele foi apedrejado e disse que Erik iria chegar a uma solução. Erik estava levemente cansado desse tipo inocente. Como diabos eu resolveriaisso, eu não estava em contêineres e tal merda eu só queria fazer transações de vários tipos mas agora eu de repente resolver isso para mimcasos difíceis? Como chegar a tais soluções quando eu mal sabia como um contêiner foi projetado? Erik se perguntou.

Erik não teve escolha a não ser coletar informações pela internet, pois ele é um perfeccionista que se recusa a deixar as coisas ao acaso, mas resolver um problema, a ser resolvido no local, dificulta. Então é quase impossível fazê-lo teoricamente.

Jim OneBone construiu rampas que normalmente eram usadas para carregar carga geral, e acabou realmente, bem, mas então Jim OneBone foi realmente exigente também. Ao introduzir isso como um recipiente vazio, significava em termos práticos que este contêiner seria colocado em um local diferente dos que deveriam ser entregues. Haveria uma distância entre esses contêineres que se tornou extremamente difícil de manusear. Assim, a introdução de um recipiente vazio não resolveria seus problemas. Não, eles obviamente precisavam de um plano mais inteligente. É estranho com as pessoas quando você está expostoao estresse. É como se seu cérebro estivesse se trancando, e você mal consegue encontrar o plano menos simples. Erik simplesmente teve que desconectar todos os imperdíveis para poder pensar construtivamente. Como ele poderia manipular essas pessoas, que trabalhavam no terminal e no porto, área, eueraclaramente um verdadeiro desafio. Muitos esperavam friamente que Erik resolvesse o problema. Quando elechegou, à conclusão de que o plano era uma mera manipulação aos olhos, e não uma manipulação física, tornou-se um pouco mais fácil elaborar um plano.

A primeira coisa que Erik fez foi ir à sua antiga oficina onde ele começou a soldar uma grade que tinha a mesma função de uma barra de cachorro em um carro. Se você pensar em tal grade, que pode ser adaptado, tanto para os lados quanto para a altura sábio, então você pode ter uma imagem de como esta grade se parecia. Através desta grade, eles poderiam criar uma imagem de um contêiner lotado. A rede tinha apenas uma função, e que era para fornecer suporte se alguém fosse empurrar as caixas que estavam no recipiente. O grid forneceria um suporte que fazia com que as caixas dianteiras não pudessem ser empurradas, então todo o golpe seria facilmente revelado. Agora era o próximo problema a resolver. O que ele escreveria apropriadamente na nota de remessa que acompanharia aquele contêiner, que eles tinham que entrar na área portuária? Eles também tiveram que encontrar um caminhão de transporte que poderia possivelmente executar este tipo de contêiner. Erik encontrou uma empresa de transporte que parecia muito adequada para isso e criou notas de remessa desta empresa.

Ao coletar logotipos de seu próprio site, ele foi capaz de imprimir uma nota de embarque que parecia realmente, genuína com seu próprio logotipo. Agora foi apenas para encontrar uma empresa de destino que de acordo com o projeto de lei de embarque receberia os bens de retorno da Suécia, que poderíamos facilmente encontrar, pois havia uma série de tais empresas.

Agora era hora de entrar em contato com os clientes sobre quais contêineres estavam disponíveis, e a partir do qual os fornecedores. De feito de autopreservação, Erik não pode, não dizer qual empresa eles escolheram. Mas contra isso ele pode dizer-lhe que eles trouxeram o que tinham originalmente decidido.

Os clientes enviaram dois caminhões da capital para o condado de Skane, na Suécia. Esses caminhões poderiam estar disponíveis por uma semana, o que, na prática, lhes deu uma vantagem de 5 dias. Eles tinham uma pressão temporal, quando os contêineres que eles iam encontrar, deveriam ser entregues à empresa que encomendou a mercadoria. Então, eles tiveram que realizar este trabalho antes da data de entrega programada. O contêiner que eles iam pegar foi limpo e, portanto, selado, para que ninguém pudesse colocar outras coisas nele.

O cliente deles queria conhecer Erik antes de fazerem o trabalho, o que eles fizeram. Então ele perguntou sobre como ele resolveu isso em termos práticos. Eles também queriam que Erik desse detalhes de como ele pretendia implementá-lo.

Erik disse a eles que queria que eles usassem a vantagem que agora tinham, em termos de tempo, e por dois dias, controlar a empresa de segurança que guardava os contêineres limpos que ficavam na área portuária. Todos concordaram com isso. Então Erik queria que eles colocassem um cara fora da área nas próximas 24 horas para conseguir aqueles momentos em que a empresa de segurança chegou. Um trabalho triste, mas muito importante, porque eles não queriam a atenção da companhia de guarda. Eles estavam agora em um trabalho muito minucioso, mas pressionado. Não havia espaço para erros. Seria suficiente para a pessoa que verificava os tempos da companhia de relógios, apenas perdeu um guarda, ou talvez adormeceu por alguns minutos. Teria nos dado todos os tempos errados, e teria ido para o lixo.

Erik como pessoa não gosta de ser dependente dos outros, mas agora era completamente dependente do que essas pessoas fariam ou talvez não fazer, mas agora não parecia, como se não houvesse como voltar atrás. Eles não podiam fazer tanto durante o tempo como esperavam pelos tempos que a empresa de segurança tinha, e Erik estava um pouco preocupado que esta empresa de segurança faria verificações aleatórias. Quando eles tiveram os tempos, descobriu-se que eles tinham horários bonitos e apertados de guarda, e então ele se tornou não menos atencioso. Eles simplesmente tinham que tomaruma decisão quando estavam prestes a atacar. Eles decidiram que fariam entre 02:30 e 03:20, o que lhes deu um máximo de 50 minutos para fazer o trabalho.

Eles provavelmente tiveram mais tempo, mas eles manteriam esses tempos. A empresa de segurança poderia, naturalmente, ser um pouco mais cedo, e eles não tinham verificado seus tempos por um longo tempo. É estúpido arriscar. Eles também decidiram que a coleta ocorreria no início da manhã seguinte, já que o risco deste trabalho ser descoberto era significativamente menor. Eles decidiram fazer isso no final da tarde, quando você está cansado à noite e, portanto, não tão observador como você está no meio do dia, e então seu contêiner não tinha que ficar na área portuária e chamar seus olhos para um dia de trabalho inteiro elemotorista de caminhão era um dos meninos do cliente e foi minimamente informado sobre este transporte particular que era a intenção porque eles não queriam que este homem se comportasse nervosamente ou de outra forma desnecessário chamar atenção.

Ele pegou as notas falsas de embarque e depois dirigiu até os portões do porto. Eles estavam a uma distância para que pudessem ver o caminhão. Quando o carro chega, o motorista do caminhão pula para mostrar os papéis, o que provocaria esse transporte. Cada minuto era como uma hora. Erik achou que levou um inferno de um tempo, e de repente toca no celular do cliente. É o motorista que liga, e diz que os documentos que ele tinha, não puderam ser encontrados, e que o código de barras que eles tinham começado agora não estava na conta da lading. O próprio Erik entrou no transporte no banco de dados. Mas o que era aquele código de barras? Erik virou-se para o irmão de Sam e se perguntou como ele poderia perder isso?

Ele se defendeu dizendo que só havia recebido esse tipo de nota de remessa do contato dentro do terminal. Como ele pode nos dar os papéis errados? Ele foi pago? O cliente perguntou ao irmão do Sam?

Ele responde que o pagou integralmente pagando-lhe 1.500 SEK pelo trabalho. Ele deveria ter 20.000 SEK para esse trabalho, certo? Disse o cliente ao irmão do Sam. Que agora estava muito disposto a colocar uma bala em sua cabeça, por pura raiva! Eles tiveram que ligar para o motorista para informá-lo que ele tinha que voltar. Assim como estávamos prestes a chamar o motorista, nós o vemos rolando para a área do porto. Acontece que este sistema de código de barras estava apenas no teste e a pessoa na escotilha tinha dito que havia muitas remessas que este sistema não conseguia encontrar! Então eles só testaram o sistema. Confirmado para Greed. Então, a teoria de Erik era verdadeira mais uma vez.

Alguém ligou para o telefone do Erik. Quando Erik olhou para o telefone, viu que foi Henke quem ligou. O que ele quer agora, Erik pensou e respondeu, Erik não chegou a dizer um som... Henke estava tão zangado e, ele nãoouviria o que queria, Henke ainda estava com raiva, e Erik só ouviu certas palavras, como se fosse tão fraco, se fosse Erik quem fez isso.

O que eu fiz? Erik perguntou.

O que você fez? Henke disse ... Você sabe disso, mas falaremos sobre isso em uma linha diferente. Henke acabou de ligar para o telefone, de tanta raiva que estava.

Erik deu um suspiro mais profundo e se perguntou o que estava acontecendo. Por que Henke estava com tanta raiva e, acima de tudo, por que ele está com raiva? Os pensamentos giraram com Erik, sem sucesso. Enquanto o planejamento estava em andamento, Erik tinha pensamentos sobre as ações de Henke. O que o deixou tão zangado? Deve haver uma explicação lógica, mas é frouxa com sua ausência.

Capítulo 13

Erik teve que voltar ao planejamento, então ele teve que pensar mais sobre isso mais tarde.

Como o irmão do Sam só pagou 1.500 SEK pelo trabalho, essa pessoa de contato não fez um bom trabalho. Se ele tivesse recebido seus 20.000 SEK, isso nunca teria acontecido. Isso foi totalmente desnecessário, e deixou todos nervosos, e criou um estresse que não é adequado para ter quando ele está indo em missões como esta, mas foi um problema posterior que eles tiveram que resolver a si mesmos.

Agora era só esperar até que o motorista contatou e nos disse onde estava o contêiner. Eles foram colocados após a data de entrega, que não falou diretamente a seu favor, pois o contêiner seria enviado no dia seguinte, mas o contêiner que eles iriam esvaziar era a primeira entrega de vários dias depois. Isso poderia levá-los a ser capazes de correr entre esses contêineres, e na pior das hipóteses com uma longa distância, mas Jim OneBone tinha boa formafísica, então funcionou.

O motorista ligou novamente para nos dizer onde estava nosso contêiner. Agora era só ir a um local onde Erik pudesse se conectar à rede, e depois checar o local onde foi acionada. Erik então percebeu que havia muita operação, pois esses contêineres não estavam na mesma fileira.

Isso também significava que eles precisavam de 4 carrinhos de saco para mais facilmente, mover as caixas com jeans. Bob Cole também era uma pessoa que podia ficar de olho, então a empresa de segurança não os surpreenderia quando eles estavam carregando essas caixas. Bob Cole olhou para Erik obliquamente, mas ele pensou que tinha a ver com a conversa entre Henke e Erik, ou aquela que Henke estava gritando.

Agora era hora de ir até o porto e depois passar por cima da cerca. Uma cerca composta por três fileiras de arame farpado no topo. Eles jogaram um cobertor no arame farpado para que pudessem facilmente atravessar. A pessoa que vigiava a empresa de segurança não estava indo para a área, então ele ajudou a levá-los por cima da cerca. Eles tinham uma parte que iria sobre a cerca, especialmente estes 4 carrinhos de saco que pesavam alguns. Então eles tiveram aid gr que estava passando por cima. Era muito mais fácil quando era possível dobrar.

Uma vez dentro da área com todo o equipamento, basta ir para o contêiner que estava numerado, o que tornoumuito, fácil de encontrar. Antes de começarem o trabalho, eles tinham que montar algum, tipo de plano sobre como eles iriam trabalhar, como eles agora sabiam o quão longe a distância estava entre esses contêineres. O irmão de Sam deveria cuidar da vedação do recipiente, mas também guardar as caixas. Erik não sentiu muita confiança em seu irmão, pois ele não achava que poderia prumo até o seu próprio bundo se ele assim colocar um buscador lá, mas também porque ele parecia confuso. Eles fizeram uma última verificação com a pessoa que ia verificar a empresa de segurança, então nada daria errado. Mas estava quieto naquela frente.

Eles começaram abrindo o contêiner que era para ser esvaziado de jeans, mas para Erik também era um chequeextra, então ele não conseguiu a informação errada sobre o conteúdo. Uma vez que eles entraram no contêiner, ele só teve que verificar o conteúdo das caixas. Ah, sim, sim. Era jeans exatamente como planejado. Era jeans de grife, e havia muitos deles. Na primeira estimativa eles adivinham em 2000 pares de Jeans mas, eles não tinham nenhumchequeem particular id terasimplesmente imaterial agora. Então, Erik tirou o grid que ele tinha feito, a fim de preparar o set. Os outros começaram a carregar caixas nos carrinhos de saco e então começaram a regá-las para o recipiente. Agora havia três carrinhos rolando o tempo todo, e o irmão de Sam arrumado o mais rápido que pôde. Ele tinha que fazer quando eles eram finalmente 4 homens que carregavam e enrolavam caixas. Estava cheio o tempo todo. Eles realmente tinham que fazer, como eles só tinham 50 minutos. Então ele teve até que deixar algumas caixas voltarem para este contêiner, e cerca de 30 jeans, o que cobriria o rompimento, o que significava que eles tinham que tirar e esvaziar uma série de caixas em seu contêiner para que pudessem montar um recipiente visivelmente embalado, com as caixas vazias.

Quando a última caixa foi transferida para o contêiner, jogaram todos os carrinhos de saco no recipiente vazio. Eles não podiam carregar isso de novo. Eles começaram a montar a grade, e então duas fileiras de caixas quase vazias. As caixas embaladas cheias de plástico, e na parte superior estava um número, de jeans, que deu um aperto que as caixas estavam cheias, se alguém abriria o recipiente, em um cheque. Mas o crime perfeito não existe, o que não foi desde que esqueceram duas coisas. Eles não tinham fita adesiva para as caixas cortadas, e então eles não tinham um cadeado novo para o recipiente, quando eles cortaram o que estava anteriormente sentado lá.

Eles colocaram o selo, o que indicaria que o recipiente não foi aberto. Só para esperar que eles vejam isso como um erro, e que eles mesmos coloquem em uma nova fechadura. Agora eles estavam ficando sem tempo e tiveram que se aposentar. Eles entraram em contato com a pessoa que checou os guardas e disse que ia buscá-los. Enquanto isso, eles fizeram o seu caminho sobre a cerca novamente, o que não foi tão fácil para a última pessoa considerando o arame farpado. Uma jaqueta para o inferno, mas eles podiam pagar.

Agora eles deixaram a área do porto para poder dormir algumas horas antes do contêiner ser recolhido pelo motorista pela manhã do dia seguinte.

Agora era mais uma vez que se solidificaria como um cofre, quando este motorista entraria na área do porto para pegar seu contêiner, mas desta vez foi realmente, sem problemas. Levou apenas alguns minutos, e então ele estava vindo depois do contêiner. Foi absolutamente, maravilhoso. Mas Erik não se atreveu a fazer grandes saltos de alegria, pois eles não conseguiram o barco no porto, como dizem. O motorista também estava saindo pelos portões. Eles seguiram o curso dos eventos à distância.

Ele estava agora colocando o gancho no lugar, que puxaria o recipiente no caminhão. Lentamente, mas com certeza, o recipiente deslizou até Patience, Patience! Sim, Erik era tão hiperativo quanto um foguete de Ano Novo, e ele só queria ver o caminhão fora desses portões de uma vez por todas.

Foi extremamente emocionante, e embora ele soubesse que tinha feito um bom trabalho preliminar, algo inesperado poderia acontecer, algo que Erik poderia ter perdido em todo o estresse. Ele pensou em tudoe, mais uma vez, no caso de poder prever algum problema. Eles falam sobre minutos que todos esses pensamentos surgiram, e isso criou um estresse interno em Erik. O cliente parecia estar bem calmo quando o caminhão saiu, então foi como se o cliente explodisse a fumaça do cigarro com pressa. Parecia que ele estava segurando a respiração o tempo todo, e agora que o caminhão estava saindo, ele explodiu a fumaça! Sim, mesmo caras experientes como o cliente poderiam estar nervosos. Todos aplaudiram e parecia que cinco caras estavam perto de uma cerca elétrica, enquanto pulavam de alegria. Erik mal conseguiu uma palavra inteira, enquanto falavam na boca um do outro por pura felicidade. O motorista foi informado de onde colocar o contêiner. Eles tinham um lugar na cidade chamada Ystad, com um velho ferreiro. Ele tinha muita sucata em sua fazenda, então este contêiner não atrairia muita atenção. Quando o motorista saiu do contêiner, o próximo trabalho começou, para reempacotar as caixas. Quando esse trabalho foi feito, eles começaram a cortar o recipiente com a tocha de corte. Foi um trabalho estom com certeza, mas funcionou bem. As pequenas peças que agora o recipiente consistiam, poderiam facilmente ser escondidas no local, e assim o problema foi resolvido. O trailer levou a mercadoria para a capital onde já havia muitos lojistas que queriam comprar esses jeans baratos da marca.

Quando verificaram o número de jeans, havia quase 2.500 pares. Que equivalia a um valor de cerca de 1 250.000 SEK, mas o cliente teve que ter um preço mais baixo. Um preço de 295 sek par para estes jeans. Você pode adivinhar se houve grande demanda por este estoque. Erik recebeu seus 200.000 SEK como prometido. O cliente fez o maior lucro. Em seguida, 295 SEK vezes 2.500 pares, uma pequena soma agradável de 737.500 SEK. Não é uma soma completamente errada. O cliente, no entanto, tinha mais algumas bocas para alimentar.

O irmão de S am ficou feliz por não terem colocado uma bala na testa dele. Então, através de sua ganância, ele estava arruinando todo o golpe. Afinal, ele foi autorizado a manter o 18.500 SEK que ele tinha farejado e que estava dentro do terminal. Mas Erik aprendeu maisuma vez. Por nunca ter confiado em ninguém, você evita muitos problemas, e se decepciona.

Erik agora poderia soprar para fora, quando a primeira parte de sua ordem foi concluída. Agora eles de alguma forma encontrariam alguma camada que eles poderiam pegar uma tonelada de carne congelada, mas ele não estava tão interessado nisso, quando ele tinha uma dor de treinamentoinferno, então eles moveram todas essas caixas de jeans duas vezes. Então, uma tonelada de carne não era exatamente sedutora.

Logo depois, Henke fez sua chamada 5, e ele se sentiu compelido a responder, e mesmo que Henke fosse, Erik não sabia o que, pelo menos não então, mas Henke o informou. Depois de tantas conversas, Henke deveria estar mais calmo, mas ele não estava... pelo contrário, Henke tornou-se quase intimidante, e era uma maneira completamente diferente de resolver problemas. Erik é mais fácil de lidar com ameaças do que acariciar, pois ele foi treinado para isso. Erik não queria pensar sobre esta solução, mas estava curioso sobre o que deixou Henke tão irritado.

Erik procurou por si mesmo o que desencadeou esta solução, e Henke tinha sido amigo de Erik por muitos anos. É claro que deve ser algo pelo qual vale a pena lutar, pensou Erik. Henke nunca faria isso por uma coisa, e isso parecia irritá-lo corretamente. Erik ia ligar para ele pelo Skype, para falar com ele com certeza, sem escutar. Dito e feito, Erik ligou para Henke. Sim, o que você quer? Henke disse.

Que diabos está acontecendo? Erik disse que você estava agindo como um maníaco.

Um louco? Henke disse. Imaginando quem é, e tem sido um maníaco, Henke disse irritado, e tinha uma voz, que não sabia em que acreditar. Não é melhor você me dizer do que falar de línguas? Erik disse.

Você não entende o que aconteceu, Erik? O que diabos você está tentando dizer falar fora de sua barba e parar de falar um monte de merda Erik disse.
Erik, sintomuito por saber que alguémmatou Anton, e uma investigação está em andamento? Essa investigação tem sido muito, lame Henke disse. O quê? SAPO descobriu quem matou Anton? Erik pergunta.

Erik, dá-lhe agora! Ajuda de Henke.

O que me dá? Erik disse.

Falei com o irmão que sobreviveu ao abuso do
Anton, isto é, Evert, e ele me disse coisas, depois
de um pouco de persuasão, que você, Erik,
cortou Anton depois que ele enlouqueceu. Em
outras palavras, você espancou uma pessoa até
a morte na Organização, e isso é uma coisa
proibida de fazer. Mesmo que a pessoa seja
culpada de agressão, você não pode, sob
nenhuma circunstância, bater em ninguém da
Organização. Henke disse.

Quando Henke terminou seu discurso, Erik
percebeu que o jogo seria em um campo de jogo
completamente diferente do que ele costumava
jogar. Erik sabia que era hora de pensar
rapidamente, e encontrar soluções antes da
Organização, mesmo que fosse mentalmente
difícil pensar dessa maneira para Erik. Todas as
pessoas da Organização.se tornaram em poucos
minutos os inimigos de Erik. Ele percebeu que
havia grandes problemas, e todas as reflexões,
planos, pensamentos e soluções se foram com o
vento. Agora Erik se levantou, e mesmo tendo
seu treinamento, ele estava um pouco
enferrujado.

Todas as pessoas que confiavam nele, e que ele construiu por muitos anos, tinham ido embora. A pior parte foi que Erik estava traindo um amigo que estava na cadeia, e que por sua vez pegou dinheiro emprestado para drogas das pessoas erradas, e que o ameaçou através do advogado de seu irmão, que eles cortariam Sam na pista a menos que a dívida fosse quitada em breve.

O cliente ganhou enorme confiança em Erik, quando ele conseguiu este golpe, e, também queria que ele planejasse essa entrega, mas como eu disse, meu interesse em planejar isso era extremamente baixo. Ele disse que depois dessa entrega eles poderiam fazer golpes grandes, mas mais simples, porque ele tinha muito, bons contatos com empresários e restaurantes.

Não importava o que eles encontravam, desde que fossem grandes quantidades, ele vendia sem problemas, mas mesmo isso não fazia Erik mais motivado, porque ele estava cansado e cansado, para ter certas pessoas ao seu redor, pessoas que eram diretamente letais para eles. Erik disse ao cliente que não queria trabalhar com o irmão de Sam. O cliente também não gostava do irmão, pois podia comprometer tudo. O problema era a dívida do Sam pela heroína, que não estava totalmente paga. O cliente com quem Erik agora teve contato não estava no topo daquela liga, mas claramente tinha contatos importantes que Erik começou a se perguntar, quem ele estava realmente trabalhando para Erik colocou a pergunta para o cliente, mas não era exatamente uma pergunta que ele tinha a intenção de responder. Com o tempo, você terá mais informações. Ele vai responder. Erik disse que poderia esquecer essa pergunta.

Erik não gostou desse sentimento. Quando você fala sobre o sentimento, é uma coisa muito difícil de explicar, mas se em algum momento da sua vida você foi exposto a uma situação que se sentiu desagradável, é provavelmente a coisa mais próxima que Erik pode descrevê-lo. No mundo do crime, as pessoas costumam falar sobre:

ERIK VAI PARA SEUS VIBS.
Isso éexatamente o que ele sentiu. Ele teve más vibrações quando recebeu essa resposta. Embora a resposta fosse clara e clara, a pergunta era mais, o que não estava claro.

Digite para *perguntar não sobre o que você não quer saber!*

Erico poderia facilmente descobrir que o cliente com quem ele teve contato, tinha sua cabeça que o guiou para cem por cento. Mas quem eram eles?

Capítulo 14

Mas pensar nisso, faria apenas um nervous e agora Erik faria principalmente, uma decisão sobre sua oferta queseu cliente lhe ofereceu a mesma compensação para este trabalho. Ser capaz de ganhar 400.000 SEK em algumas semanas não foi mal pago diretamente qual significava que a resposta de Erik era bastante óbvia, mas mesmo que a resposta fosse dada, não era uma solução para onde se encontrou uma tonelada de carne congelada como dado.

O cérebro estava funcionando muito agora. Muitos pensamentos foram deixados, para pensar se isso seria um. Logicamente, como ser humano, você se pergunta quem pode receber 2.500 pares de jeans, e fazê-los vender rapidamente, e então pedir uma tonelada de carne? Hm. Mesmo que eles ainda não tenham vendido todos os jeans, Erik tinha sido realmente pago, e como jeans não são perecíveis, eles podem, naturalmente, ficar longe de todos os comprimentos, sem envelhecer, e que esse cliente tinha contatos, não havia dúvida, já que eles agora pediram toda a carne. Demonstradamente, eles tinham arranjado caminhões sem problemas. Normalmente no mundo do crime, é 90%. Você conheceu pessoas que podiam consertar tudo,

quando os fatos eram que eles eram
completamente incapazes de consertar qualquer
coisa. Eles tinham alguns contatos locais no
lugar em que estavam ativos, mas geralmente
não era nada mais do que palavras vazias.

Como havia tanto, não foi sem Erik duvidar,
quando alguém pediu uma tonelada de carne
que na prática precisava ser vendida
imediatamente. Não foi exatamente uma venda
que se voltou para velhinhas e outros indivíduos
privados. Não! estamos falando de compradores
com carteiras grandes e com grande espaço de
armazenamento, então havia muita coisa que
iria bater com tal entrega. Embora isso não
parecesse preocupar o cliente.

Erik estava hesitante sobre se ele iria consertar
isso, e ao mesmo tempo pensou que era errado
não tentar. Um pouco irritante foi, quando ele
conseguiu empregos que não eram trabalhos
diretos de computador, embora este trabalho
pudesse ser, precisando de tais habilidades. Um
trabalho como este foi baseado principalmente
em bens físicos em movimento. Erik
honestamente não tinha ideia por onde começar
a procurar. Era improvável que qualquer
caminhão de transporte viajaria com uma
tonelada de carne. Eles tinham um trailer com
refrigeradores, e assim, até agora tudo estava

bem. Agora eles só teriam algo para enchê-lo. Levar contêineres e coisas semelhantes significa que a polícia começa a proteger tais áreas que normalmente são desprotegidas. Especialmente se eles acham que é uma liga que está em movimento. Mesmo que você espere colocar a polícia em seus calcanhares, você deve levá-lo seguro antes do incerto. Provavelmente foi assim que o cliente pensou, e foi por essa razão que ele estava agora tentando acelerar o processo de uma maneira um pouco mais fina. Então foi só para começar com as investigações. Erik não sabia se ele iria chorar ou rir, toda a configuração foi como tirada de um roteiro ruim de Hollywood, que estava escondido porque era tão ruim. Erik conhecia um motorista de caminhão que era um pouco meio criminoso, e que tinha feito algumas pequenas coisas por um tempo, mas ele agora tinha uma família, e uma senhora que o segurou pelo pescoço. Erik poderia perguntar se ele tinha algum contato com motoristas que dirigiam um caminhão refrigerado. Mas fazer tais perguntas provavelmente o faria, para dizer o mínimo, se perguntando, e talvez insalubremente curioso, quando ele começaria a pesquisar objetos adequados.

Erik não queria que ele se machucasse, porque o dinheiro faz as pessoas fazerem coisas estúpidas. O risco que existia, era que este caminhoneiro Erik agora contatado, falaria demais, e isso significaria que ele tinha problemas permanentes para o resto de sua vida. Algo que Erik não iria querer em sua consciência. Bem, talvez fosse para tocar, para a consciência, eu não queria que nada acontecesse com ele. Não foi realmente uma boa ideia contatá-lo, como ele tinha família, mas é fácil dizer agora em retrospectiva. Esse motorista que chamamos este livro para Tompa.

Este Tompa começou suas investigações imediatamente fazendo uma chamada. Depois da primeira ligação, Erik teve que explicar que ele tinha que apertar, como ele pode, não falar sobre essas coisas pelo telefone. Erik teve que começar a marcar consultas com pessoas diferentes e fazer a conversa entre quatro olhos. Tompa parecia pensar que ele poderia falar de qualquer maneira, mas depois de falar, mais em linguagem simples com ele, ele percebeu que era coisa grande, e as pessoas erradas para foder com quem vai ter o material, para quem você está trabalhando? Ou seja, perguntas que eram naturais de se fazer. Perguntas que eram tão naturais para não responder. Tompa também queria saber o que ganharia com isso, e não importa o que ele pediria, essa compensação só afetaria a carteira de Erik,

porque era, ele que o contratou . Erik disse a
Tompa que a compensação, tivemos que aceitar,
quando sabíamos se tudo ia para o
confinamento.

Tompa fez pesquisa por mais de quatro dias, e
enquanto isso, Erik teria vindo com alguma
solução inteligente que poderia corrigir esta
entrega. Quando Tompa lhe disse o que tinha,
não era exatamente o que Erik queria ouvir.
Encontrar tanto filé de carne parecia totalmente
impossível, o mais perto que podiam chegar, era
um suprimento com carnes diferentes. Havia
muita carne, lombo de porco e outras carnes,
que eram contadas como iguarias. Erik decidiu
se encontrar com o cliente no mesmo dia,
quando Tompa também receberia uma cópia
das notas de remessa que compilavam o
conteúdo deste caminhão refrigerado.

Quando Erik no final da noite mostrou ao
comprador essas notas de embarque, ele olhou
para elas pormuito, muito tempo, e então ele diz
que eles tomam. O cliente se inclina para a
frente do sofá em que está sentado, olha para
mim e diz. Agora sabemos que você não quer
nos enganar, e Erik ainda não entendeu o que
ele quis dizer com isso? Por que ele iria querer
enganá-los, eu pensei?! Seria muito estúpido, e

significaria uma morte rápida, e então foi como avelha avó de Erik sempre dizia, *que você não deveria morder* a mão que *te alimenta.*

O cliente então diz que eles por um longo tempo, eles mesmos tentaram obter a quantidade, mas nem mesmo eles com seus contatos poderiam corrigi-lo, diz o cliente, quando Sam tinha dito que tinha consertado, eles se perguntaram claramente como aconteceu, quando eles sabiam que era virtualmente impossível se apossar dele, eles escolheram esperar e não agir contra ele , como uma ação violenta contra o cliente significaria uma perda total para eles.

Um jogo que basicamente significava que Erik ajudou o cliente, e ao mesmo tempo salvar a bunda de Sam, mas essas regras do jogo não foram faladas. Eu não acho que Sam queria ficar na cadeia e nãoficar satisfeito, como ele tinha negócios inacabados com esses caras, e que ele estava sob ameaça, não havia dúvida. Assim como a certeza de que Sam estaria morto seErik desistisse agora. Agora a pressão começou a sentir sobre Erik, que só queria ter uma vida tranquila.

Elefechou os olhos, e só queria pensar em algo legal... Bem, não, não! Como você pode

desfrutar de uma vida, quando você não tem
vida, tão ridículo, pensou que ele, Erik entendeu
na época que sua vida não estava melhorando, e
a realidade era que Erik apenas no momento
estava experimentando, e embora ele se
sentisse um pouco deprimido com um monte de
imperdível, Erik queria sentir o sentimento que
ele tinha, e que o fez inteiro, ou presente no
momento.

Henke convocou durante o dia um número, de
membros da Organização, para ver como o
problema de Erik seria resolvido, e se havia
alguma sugestão.
Não há exatamente uma falta de sugestões que
eles fizeram, e havia algumas pessoas que
aparentemente odiavam Erik por matar um dos
seus. Big Mama estava segurando o grande
checkout para a Organização, então Henke não
queria estrangular sua autoridade.

Para começar, disse Henke, apenas alguns da
Organização estão nesta reunião. Então só o
círculo interno está presente, algumas pessoas
são como Erik completamente inconsciente
desta reunião. As pessoas que estavam com Erik
eram Bob e Jim OneBone. Havia dois campos,
mas ninguém sabia dessa distribuição, nem
mesmo Erik. Henke recorreu aos outros da
Organização para saber o que deveria ser feito

com Erik, e quem iria realizar a ação, mas ninguém queria levantar avoz, eu metornei uma porra da vida como se alguém na Organização derrubasse ou lançasse um jantar inteiro.

Foi a cozinheira cianeto que foi direto para as pessoas do grupo, e olhou com os olhos em declaração, depois de tudo o que ela tinha ouvido na reunião da cozinha. Como diabos você pode pensar que Erik faria isso sem motivo Ela disse, vocêvai ter que ir fodê-lo quão você pode mesmo pensar Erik fez isso, droga você deveria ter vergonha de si mesmo, eu o conheço há muitos anos, e não houve sequer tendências para tais coisas. Henke claramente perguntou por curiosidade se o Cozinheiro cianeto estava um pouco apaixonado por Erik, pois Henke raramente tinha ouvido tal discurso de defesa por outra pessoa na Organização. Parece um amor infeliz prevalecendo, e riu um pouco, mesmo que não fosse hora de rir agora.

Não! Disse o cozinheiro cianeto, agora vocêé ridículo, e eu não estou apaixonado, e voltei para a cozinha novamente.

Logo após seu discurso, havia uma grande pessoa, uma montanha muscular para a Organização, que estava disposta a colocar uma bala na cabeça de Erik, quando aquele bastardo traiu sua palavra, e a sangue frio matou Anton.

Ele nem merece ser um de nós. O cara queria
fazer a diferença, quando um homem que
parecia uma passa, e com forças que tinham
acabado há muitos anos, informou o cara que
tinha sido tão arrogante e parecia durão. Ele
parecia uma montanha de músculos, e seu
cérebro estava em seus braços. O homem que
se dirigiu ao motociclista era GammelMan e
estava na Organização há muitos anos, e poucos
sabiam seu nome.
Todos ficaram completamente em silêncio
porque não era sempre que GammelMan tinha
algo a dizer.

Agora voute contar informações importantes
sobre o PointMan, então todos esses calam a
boca e todos sabem com o queestamos lidando.

Bem, vá comigo umpouco se acalmar! Disse a
montanha muscular.

Seu pedaço de merda, agora você vai calar a
boca, ouvir e não bancar idiota. Respondeu
GammelMan e continuou dizendo: Eu não acho
que você sabe o que é um PointMan?

Não, disse a montanha muscular.

Mas muitas pessoas sabem que um PointMan
tem algo a ver com os militares, disse uma
pessoa sábia no grupo.

Sim, naquele é bonito, direito GammelMan
disse, mas há duas variedades de um PointMan
que existem, e Erik não é treinado pelos
militares e seu conhecimento. Não, este é um
PointMan que é treinado pela Organização com
muito treinamento em muitas partes diferentes
da vida.

Ei, ei, ei. Como pode ser difícil atirar na pessoa
em questão, e assim o problema acabou,
quando Erik fez um monte de coisas negativas e
crimes, disse montanha muscular

Voltaremos a isso mais tarde", diz Gammelman,
continuando a nos contar sobre pointman.

Bem, um Pointman é mais avançado do que
apenas fazer o trabalho. Não, um Pointman de
pleno governo deve ser capaz de fazer trabalhos
para diferentes organizações, mas também ser
capaz de mediar entre essas partes, embora
apenas essa parte, para mediar, Erik não estava
tão interessado. Muitasvezes havia
organizações pesadas por trás do produto.

O comprador poderia ser uma empresa comum,
que queria o material. Em seguida, a
Organização implanta seu Pointman, onde ele
atuou como uma forma de ferramenta de
conversão entre essas partes. De repente, Erik
foi forçado a um papel de personagem pointman

semelhante. Um papel que significava que Erik conscientemente assumiu grandes riscos pessoais. Se algo deu errado, ele estava em gelo fino. A polícia inicialmente achou extremamente difícil colocar Erik, ou a qual organização ele pertencia, como Erik agora sabe depois, e isso intrigou muito a Organização. Quando você brinca com gangues criminosas tão pesadas, a polícia tem um monte de recursos disponíveis. Ocrime deveria ser monitorado.

Quando Erik se mudou em tais círculos, ele rapidamente ficou sob vigilância. Ele agora se tornou um criminoso ainda mais pesado, e a polícia logo seguiu cada passo que ele deu, ou seja, tinha acabado em um de seus registros mais caseiros. Chama-se ASP e é um registro de reconhecimento em que Erik estava. É algo que Erik descobriu muito tempo depois.

Um PointMan é treinado para armas, explosivos, explosivos direcionados, munições, pistolas, revólver, rifle de assalto, lançador de granadas, ácidos, cal, mas também em linguagem, Erik manuseou 3 idiomas, bem como 2 linguagens de programação. Acima, como se não bastasse, Erik tinha um QI alto. E tinha uma fraqueza ou força que ele estava sempre sozinho. Ele escolheu ser ele mesmo, um urso solitário que provavelmente deixou uma marca nele ao longo

dos anos. Raramente, ou nunca você podia ver Erik feliz ou que ele riu. Não, não estava mais na vida dele, e posso dizer a todos nesta sala. Diz GammelMan, e continua dizendo,
 sinta-se livre para obter um inimigo, mas primeiro veja o que você como pessoa tem nasua frente. Você está sentado aqui me dizendo o que você deve fazer com Erik... mas talvez seja Erik quem vem atrás de você, e então você tem um problema chamado bom o suficiente.

Henke e os outros da Organização começaram a ficar em cores cinzas. Sim, Henke disse, agora sabemos o que temos à nossa frente, e parece apropriado se vocês estiverem todos atentos. O velho virou-se para a montanha muscular e perguntou se ele agora sabia o que era um PointMan, e ele acenou de acordo com ele.

Henke, que era o líder, entendeu que Erik será um problema se ele usar seu conhecimento na Organização. Ele estava esperando bob voltar do planejamento que ele estava, com Erik. Bob não sabia nada sobre a reunião.

Bob veio depois de um tempo e Henke aproveitou para chamar Bob para a Organização, ele parecia um pouco atencioso quando Henke o chamou.

Bob. Henke disse. Acho que temos muitos problemas pela frente.

Nós temos? Bob disse.

Nosso amigo Erik matou Anton. Henke disse.

Bob acreditava que o primeiro Henke zombava dele, mas percebeu muito, logo não foi o caso, mas esperou pelo que Henke diria. Como isso pode acontecer? Bob se perguntou.

Sim. Henke disse, eu me pergunto também, mas começa com o único irmão me dizendo em segredo que Erik matou Anton, e é assim que é.

Todos na Organização não sabem que tivemos uma reunião, mas você, Bob, é minha mão direita, então está tudo bem.

Henke sentou-se e pensou se ele venderia Erik quando o fizesse com Anton.
E ele se perguntou se ele tiraria sarro do Agente McGill e, assim, usariaos poderes da SAPO de forma positiva para a Organização. Mas como seria? Henke pensou.

Henke pensou. Vouligar parao Agente McGill.
Ela atendeu o celular dele, e Henke disse olá.

McGill, precisamos falar sobre algo que aconteceu. Henke disse. Quero que nos encontremos em um local de lixo porque pode parecer estranho.

Qual é o ponto? McGill disse.

Mas ele não queria falar sobre isso lá.

Ao mesmo tempo em outro lugar, Erik se levantou, e planejou a vingança que estava acontecendo, e não sabia o que Henke estava fazendo. Erik queria apenas que ele pudesse dar ao amigo uma solução, para que ele não fosse espancado até a morte na cadeia.

O cliente queria que Erik providenciasse o transporte até a capital, de lá eles próprios teriam pessoal e, assim que o caminhão chegasse à capital, o trabalho de Erik estaria feito. Queria voltar ao planejamento do transporte em si e o cliente não queria saber, pois queria apenas saber quando o caminhão poderia chegar à capital. Erik acabou indo para casa para Tompa, a fim de costurar o saco. Assim que ele estava saindo, o cliente distribui um saco plástico, um saco comum que você recebe na loja ao comprar comida. Ele estende a mão para Erik, e diz que agora ele foi pago para o trabalho.

Capítulo 15

Erik olha para baixo da bolsa e garante que há um monte de notas em diferentes denominações. O cliente diz que eles estão em pequenas denominações porque é mais fácil para Erik descartar, pois eles não brilham tanto quanto notas grandes.

Não. Erik disse. Eu voucobrar quando o trabalho estiver feito. As coisas podem dar errado, e euvou ser responsável peloreembolso.

O cliente tentou tranquilizar Erik que eles não fariam nenhuma exigência sobre ele se a polícia os prendesse, então ele disse que não queria ouvir. O cliente diz que fará muitos negócios no futuro, com um pequeno sorriso no rosto. Um sorriso que Erik só uma vez viu no último golpe. Erik sentiu como seu futuro seria sombrio, com um monte de imperdível, e um cliente que apenas tomou como certo que ele estava interessado nesses trabalhos.

Quando se trata de crime, pode-se descrever este mundo como uma gigantesca teia de aranha, onde todos estão em contato uns com os outros de uma forma ou de outra. O que significa que se você faz muito de um tolo, ou faz trabalhos ruins, ele se espalha rápido.

Quanto mais na teia de aranha você tem, mais poder você tinha.

Como você vai entender, Erik estava longe do limite e estava no meio disso, como um Svensson tinha chamado uma carreira, e onde ele iria obter-se um nome como foi dito antes. Erik começou a entender cada vez mais como tudo estava conectado. Esta teia de aranha era uma escada de carreira, e um lentamente subiria mais perto do centro da rede. Era esse círculo íntimo que todos os criminosos queriam inventar, mas poucos o fizeram. Era como no mundo real, cheio de obstáculos e armadilhas, mas a diferença era que éramos bandidos, felizmente pegamos um atalho.

Erik foi para casa em Tompa para fazer o último planejamento que era necessário para o trabalho ter sucesso. Agora eles tinham que encontrar as fraquezas que nos dariam a oportunidade de ter sucesso. Tompa tinha encontrado um colega que estava cansado de seu empregador, que parecia pagar este motorista muito mal. Por alguma outra razão que ele não podia ver, como ele poderia configurar em seu plano que era o seguinte. Erik disse a Tompa que ele arranjaria um número de tampões de brilho ruins para o caminhão que eles seqüestriam. As velas de brilho são o equivalente a velas de ignição em um carro normal, mas os motores diesel têm velas de brilho. Quem já dirigiu um carro que não funciona em todos os cilindros sabe que é difícil fazer se isso ocorrer, e a intenção era que este motorista dirigisse para uma área de descanso maior. Lugares onde as pessoas podem parar para tomar café, mas também onde os motoristas podem passar a noite. Então eles usariam a mesma frequência de rádio que esta empresa de transporte usou em seu rádio com.

Ao dirigir para tal lugar, o motorista foi capaz de trocar os plugues de brilho por plugues de brilho que funcionavam muito mal. Estes plugues de brilho tinham Tompa se apossado na oficina onde eles geralmente atendê-los os caminhões. Enquanto ele estava mudando aqueles plugs brilho, ele não iria entrar em contato com eles. Em vez disso, eles esperaram que este motorista fizesse um pedido ao seu empregador, via rádio com se havia outro motorista que estava livre, e que poderia possivelmente levar sua condução, quando ele teve que dirigir para a oficina com seu caminhão what ele realmente said era que o reboque estava no local, e que ele começou a dirigir para a oficina. Eles não queriam que o cara se metesse em problemas. Chamando apenas o caminhão de transporte para o qual ele dirigia, ele deu-lhes a autorização para pegar o reboque com a carne, mas apenas para encobrir o saque real, então a história era que o motorista tinha tido uma pausa durante o tempo correspondente que levou para trocar os pinos de brilho. O fato de ele ter ficado parado também poderia ser certificado por pessoas ao seu redor, que tinham dirigido para a área de descanso, mas a prova mais importante dessa ruptura foi o tacógrafo, que todos os motoristas profissionais instalaram no painel. Ele está lá, para que a polícia possa verificar se o motorista não dirigiu muitas horas sem uma pausa. Um disfarce perfeito. Em seguida, os plugues de brilho eram ruins, o que, também, poderia ser verificado depois.

Tompa pegou o trailer com a carne, com o trator de reboque que o cliente tinha arranjado. Então ele dirigiu-o para uma área arborizada, onde o segundo trailer ficou vazio. Quando ele chegou, tudo o que tinha que fazer era religar e recarregar. Skane county é uma paisagem plana e você não queria dirigir por aí com um trailer. Agora essa maldita corrida começou de novo. Eles só tinham luvas de construção comuns para usar em suas mãos, onde o frio passa rapidamente. Eles ficaram muito cansados, precisaria de 20 homens, então era muito para continuar. Quando terminamos de carregar, as mãos como dois palitos de peixe congelados foram levemente ditas. Erik recebeu um número de telefone do cliente, para quem enviaria uma mensagem de texto. O aviso estaria completamente vazio, nada escrito, que nos dizia que as mercadorias estavam indo em direção à capital, ao lugar exposto. Levaria 10 horas para chegar a este destino. Assim, uma rodada de "manter a velocidade". Eles *não* queriam *obter os dedos lucrativos* da *polícia* nesta entrega. A rodada demorou um pouco mais quando havia um monte de obras rodoviárias. Quando o caminhão chegou,

O trabalho de Erik estava pronto, e o pagamento que ele já tinha recebido, então era uma festa, quando Tompa voltou.

Houve um churrasco com muita bebida, mas por alguma razão eles não grelharam carne.
O cliente ficou muitosatisfeito com o trabalho e defendeu uma grande cooperação futura. Erik tinha uma boa capital no bolso. Tompa e o outro motorista agora receberiam sua parte do bolo. Como não tínhamos falado sobre isso antes, com mais detalhes, só havia uma negociação agora. Tompa perguntou o que eu tinha conseguido para o trabalho. Uma pergunta que eu preferi evitar responder. Erik disse que eles podiam dizer o que quisessem. Tompa deveria

pagar ao colega o que recebeu em pagamento. Tompa pensou que um 25 talvez 30.000 SEK para ambos os trabalhos era razoável. Então foi como se ele tivesse um Flashback e pensasse sobre o que o irmão de Sam tinha feito com o contato dentro do terminal. Então não ficaria bem, se Erik se apaixonasse pela ganância. Erik disse a Tompa que recebeu 65.000 SEK para ambos, e que ele não se importa com o que ele dá o seu contato, mas certifique-se de que ele cale a boca, e que ele basearia essa quantidade que era razoável, para garantir mantê-lo quieto. Agora você nunca pode garantir que alguém vai ficar quieto, mas dando-lhes uma quantidade que eles se sentiram felizes com, essa coisa tornou as coisas um pouco mais seguras. O próprio Erik, como você provavelmente já calculou 135.000 SEK, mas também havia muito trabalho para planejar este golpe.

Tompa gritou com a mulher e disse que poderia ir às compras o fim de semana todo se quisesse. Deitado baixo, eu não acho que ele estava em seu vocabulário, o que agora se tornou um problema para ele. Agora que ele prometeu à esposa fazer compras o fim de semana todo. Você não podefazer promessas como essa para sua esposa, e então você pode, não deixá-la agir. Não, agora ele tinha um problema Erik poderia dar a mínima como ele fez com seus dólares,

mas se notar, que sua família agia de forma
ampla, poderia levar a um monte de problemas
desnecessários para Erik. Se esse Tompa vier em
um interrogatório policial, um levaria ao outro, e
isso poderia ter terminado com sua esposa
sendo interrogada. Então estávamos ferrados. E
você não é mais forte que o elo mais fraco.

Tompa estava no nível mais, naive, quando ele
não acreditava por um segundo que este
trabalho poderia ser derivado do julgamento.
Houve uma briga entre Tompa e Erik, e isso deu
a ele uma maior compreensão de como era
importante ficar quieto. Ocolega de Tompa, que
deixou o trailer na parada de descanso, foi
rapidamente chamado para interrogatório da
polícia para dizer por que ele deixou a
mercadoria para trás, mas sua história era
sustentável, e que a polícia poderia verificar
após o fato. Mas para onde a carne foi, ainda
não está resolvida. O crime agora está barrado.

Agora que ele esboçou isso acima do crime, seus
próprios pensamentos são o motivo pelo qual
ele não deu, um maldito sobre fazer mais crimes
por um tempo. Desde que Erik ganhou dois anos
de salário em dois crimes na época em que este
crime foi cometido. O valor arrecadado com
esses crimes foi de 335.000 SEK. Uma quantia
que era muito dinheiro na época, mas não acho

que ele estava satisfeito com isso. Provavelmente. Erik achou legal ter sucesso com esses crimes, que ele também não foi muitointeligente para que você ouça por si mesmo. Onde Erik estava indo? Uma alma confusa que tentou vingar, enquanto tendia a torná-la ilegal, legalmente puramente mental.

Erik começou a dar à ganância um rosto cada vez mais claro, mas onde ele, como pessoa, tinha colocado os pés no vale da negação. O cliente perguntou ao Erik para quem ele trabalhava? Agora havia problemas completamente novos em sua cabeça que estavam moendo. Quem era Erik? O que ele estava fazendo? Todas essas questões auto-focadas se tornaram cada vez mais. Enquanto ele negava todas as irregularidades e infringindo a lei que ele mesmo fez. Erik tentou rebobinar a fita em sua cabeça, para ver seu próprio papel nesta miséria, isso só o fez se sentir mal, mas esse rebobinamento foi fundido com emaranhados na fita.

Por que ele não poderia pensar sobre isso? Foi seu corpo que se defendeu soldando a porta para os eventos que ele passou? Tudo parecia estranho. Por que havia tais bloqueios? Então

Erik não conseguia pensar nisso, assustador que era tão ruim.

Qualquer um que seja, ou tenha sido um criminoso, é perseguido por essas questões, mais cedo ou mais tarde. Quando as perguntas e remorso aparecem, só há duas coisas para fazer. O que deve ser feito é quebrar o modo de vida destrutivo e rapidamente pedir ajuda. Isso pode ser trazido de volta à sociedade. É a visão teórica que não funciona na prática. Na verdade, muitos criminosos percebem desde cedo que não é uma vida sustentável, mas você temque conseguir ajuda profissional para quebrar o comportamento. A sociedade geralmente reage tarde demais, e muitas vezes a sociedade não reage até que alguém seja condenado a alguma forma de punição. A prevenção é ainda ruim, e aparentemente sempre será. Embora as autoridades tenham melhorado, seus esforços são como um grão de cascalho no mar. As consequências que se tornam, da ausência passiva das autoridades, podem ser comparadas ao corte do dedo. Depois de um tempo, a ferida cicatriza, então a cicatriz cai, mas a cicatriz está sempre lá. Com isso Erik dizendo que se as autoridades esperam com suas medidas preventivas, eles finalmente obter os bandidos dentro, em várias medidas penais, como a prisão, mas não importa o quão boas as prisões ou medidas de cuidado são, então sempre haverá uma pessoa com uma personalidade marcada.

Erik começou a pensar sobre que papel, como um criminoso que ele próprio tinha. Ele não era um deles na época, mas ele ainda fez um monte de trabalho para várias organizações, que queriam seus serviços. Na sociedade comum, Erik era visto como um recurso que estava ligado à clientela errada, mas durante a primeira parte da carreira criminosa de Erik, sua missão era como qualquer trabalhador autônomo, com a grande diferença que Erik constantemente tinha que infringir a lei, a fim de fazer seu trabalho. Ele descobriu que ele foi inserido no registro asp, em um julgamento, quando o promotor tinha escrito em seu pedido de prisão. Que ele deveria ser detido por ameaças ilegais e que havia um grande risco de Erik realizar essas ameaças, mas também que ele era um criminoso mais pesado e que ele era um membro da ASP. Pode-se dizer que o tribunal distrital aprovou os desejos do promotor através de algumas palavras-chave.

Ele disse as palavras ASP, Clubs, ameaças ilegais com tacos de beisebol e ele foi detido com restrições completas tele pequeno promotor ele

tinha apenas três maçãs de altura, mas ele
estava tão irritado com a audiência pré-
julgamento que você pensaria, que ele tinha
pelo menos 2 metros de altura. Ele foi
completamente para o teto quando ouviu a
palavra "clube" ou similar. Ele adorava colocar
Erik atrás das grades.

A qual a Organização Erik finalmente pertencia,
ele não queria sair para a autoridade, pois não o
beneficiaria puramente saudável. A principal
razão é que a mensagem deste livro é sobre Erik,
e como a sociedade agiu contra ele, e como ele
como uma pessoa reagiu quando ele fez coisas
extremamente estúpidas para empresas e
indivíduos, mas novamente para o evento.

De acordo com o Ministério Público, a prisão foi
por uma recuperação que Erik teria realizado, o
que ele havia feito. Erik tinha recebido um novo
tipo de tarefa onde ele recuperaria uma dívida e
assustaria um cara. Normalmente, havia sempre
dois em tais recuperações, mas foi julgado como
uma recuperação bastante simples e que Erik
como pessoa era como um louco com um taco
de beisebol Erik não puxou merda para ele
naquela época euera umtempo que eu
provavelmente deveria ter sido examinado pela
mente. Mentalmente, ele não tinha inibições em
nenhum nível.

Erik estava indo embora para este trabalho, e foram quase 170 km até o final. Que ele tinha um trabalho a fazer era o mesmo que você estava noivo do objeto,que é a pessoa de quem você receberia o dinheiro. Enquanto o trabalho não foi feito, um estava comprometido com essa pessoa. Agora pode-se perguntar por que você diz, noivo?

A palavra prometida vem como a maioria das pessoas sabem pela palavra engajada, mas nos tempos antigos era chamada de noiva quando você dava a uma garota um anel de noivado e prometeu a ela se casar com ela dentro de um ano, mas no submundo essa palavra tem um significado completamente diferente. A palavra vem no início do assassino profissional que a tinha como fonte de renda. Quando eles conseguiram umitem que eles iam executar por uma soma de dinheiro. Na maioria das vezes havia vários assassinos no mesmo objeto. Portanto, esses assassinos foram inicialmente noivos com o objeto, até que o trabalho foi concluído.

De minha parte, era sobre as rótulas do objeto ou um osso do nariz quebrado. Erik estava disposto a ir tão longe quanto quisesse. É horrível dizer isso, mas foi assim que ele se tornou uma pessoa.

Agente McGill veio depois de um tempo para o ponto de encontro Henke e ela tinha decidido anteriormente. McGill se perguntou o que Henke queria porque ela não estava tão confortável quando essas duas pessoas se conheceram.

Sobre o que ele queria falar? O agente McGill disse. Porque quero que saiba que não quero resolver assimquando.

Henke disse. Tenho algumas perguntas, são tudo. Agente McGill levantou as sobrancelhas e parecia levemente perturbado, aqui estou eu mesmo com o Líder e julgamento, então fale sobre má conduta. O agente McGill disse.

Bem. Henke disse, para dizer o contrário. Eu estava pensando se você gostaria de levar a pessoa que matou, Carl? Pergunta Henke

O queé isso? O agente McGill disse... e você saberia disso? Ela contou ao Henke.

Sim, eu conheço McGill, mas vai te custar, então você entende", diz Henke.

Quanto custaria? Tenho certeza que posso prendê-lo por alguma coisa. Agente De Resposta McGill

Então você não pega o assassino do Carl. Então, pense nisso. Eu vou deixar você saber. Diz Henke, ambos passaram por caminhos separados.

Erik começou a cair esses 170 km que ele tinha na frente dele e começou a se animar desde a primeira milha e até chegar. No carro ele tinha um taco de beisebol caseiro do tipo mais áspero. Erik achava que os tacos de beisebol que estavam no mercado eram simplesmente muito fracos, e dobrados muito facilmente, e ele queria fazer um bom trabalho. Quando Erik chegou, ele olha para o apartamento onde o objeto morava, e estava ligado com as luvas e pegou o taco de beisebol. Como o próprio Erik estava naquela coleção, ele também tinha uma arma com ele um Beretta 92F, uma arma que os oficiais militares dos EUA têm como arma padrão. Erik desceu do carro, e em direção à porta. Quando ele subiu no andar direito, a porta em que eu estava entrando já estava aberta entreaberta. Erik começou a sentir problemas quando parecia que ele tinha recebido vibrações ruins.

Foi aceso nas escadas onde Erik estava de pé e, portanto, ele não queria puxar sua arma como ele tinha no jumper atrás de suas costas, porque poderia haver pessoas olhando para fora do olho mágico em suas portas. Depois de algunsminutos, a luz se apaga nas escadas e Erik coloca a madeira da bola contra a parede da escada para poder tirar sua arma e fazer um movimento de manto. Agora ele estava lá, com uma arma afiada e um bastão queele adrenalina bombeou muito, bem Erik assumiu um papel onde ele não era realmente ele mesmo. A pessoa doente e possuída que ele havia se tornado, agora entra no corredor, e continuou na sala de estar. Não havia ninguém lá. Erik checou todos os quartos adjacentes para qualquer pessoa que pudesse ser conhecida ou semelhante da vítima, e ele entendeu que a pessoa tinha saído de seu apartamento, com todas as pressas para se salvar.

Erik sai de novo do apartamento e ouve que há conversa do lado do apartamento de. Foi ouvido como se alguém estivesse muitoperto da porta e pressionado. Um som que ocorre quando você tem uma lacuna entre a moldura e a porta, e quando você pressiona contra ela se torna um som que ocorre. Rapidamente Erik abriu a porta que estava destrancada e dentro da porta está um cara com um celular e falando. Ele falou com o cara que Erik estava procurando. O cara que ele estava procurando tinha visto o carro de Erik e, em seguida, correr para seu vizinho, para rapidamente descer através das varandas na parte de trás da propriedade. O cara no corredor mais, ou menos cair para trás e começar a rastejar para dentro de seu apartamento, enquanto ele disse para não atirar em mim, não atire! Ele estava um pouco aterrorizado.

Erik segurou sua arma e a colocou pelas costas de novo. O cara começou a se acalmar um pouco quando não viu mais a arma do Erik. Erik viu como estava com medo, seu lábio inferior tremia de medo mesmo que Erik não o tivesse ameaçado de forma alguma, mas em seu mundo essa intrusão era mais do que suficiente. No início, ele não sabia para onde o cara tinha ido, mas depois de alguma persuasão ele lhe disse que o cara tinha levado para casa para seus pais. Erik disse ao cara, se você está mentindo, você vai ter que procurarsuas rótulas para o resto de sua vida. Ele claramente entendeu a mensagem de Erik. Ele conseguiu o endereço dos pais e desejou ao cara uma boa noite. Como Erik não tinha conhecimento local da cidade em que estava, ele teve que procurar um posto de gasolina para pegar um mapa. Depois de localizar o endereço, ele entrou na garagem dos pais.

Capítulo 16

Havia inverno e um pouco de neve no chão. No pátio parecia que um time inteiro de futebol tinha corrido por lá. A neve foi pisoteada em quase todos os lugares. A casa estava escura, sem luzes acesas, apenas uma poinsettia em algumas janelas. Parecia a casa que Deus esqueceu, completamente abandonada. Erik andou pela casa para ver através das janelas, mas todas as pessoas brilharam com sua ausência. Noinício, ele pensou que o cara não tinha dirigido até aqui, mas todas as pegadas que empurraram a neve pela entrada, foram feitas recentemente. Como sabiam que Erik viria aqui? O vizinho com quem ele falou, avisou essas pessoas? Erik estava furioso e com muita determinação para levar para casa para este vizinho novamente, mas desta vez ele seria muito claro assim, o cara levou a mensagem Erik estava agora completamente convencido de que este vizinho estava por trás desta tentativa de recuperação fracassada, o que significava que nos círculos criminais alguém poderia perder a cara. De volta à rua onde o vizinho morava, ele agora viu que essa pessoa aparentemente também havia emigrado. Tudo estava escuro. Erik passou e bateu em uma bala com o carro, para que ele pudesse sentar no carro e ver, se havia alguma atividade nos apartamentos.

Erik não tinha passado muitos minutos no carro quando um carro da polícia vem deslizando em sua direção. Foi rapidamente para baixo com a cabeça para baixo antes de vê-lo. Lá Erik sentou-se com uma arma afiada, em seu bolso e ele tinha um punhado de Stesolid 5mg. Os policiais que ele não viu, mas continuou lentamente passando por mim. A taxa de deouvido aumentou acentuadamente. Senti que era ele que estava sendo perseguido. Erik desceu do carro, mas deixou o taco de beisebol quando estava prestes a sair do carro. Erik tinha sido dado os comprimidos por seus supostos amigos, no caso de ele achar difícil fazer a recuperação, pois pode ficar muito sangrento. Mas como eu disse, ele se afastou do carro para encontrar um beco menor ou semelhante. Erik teve que jogar todas as pílulas em um poço no caminho. Era absolutamente o mais seguro, como ele ainda pensava sobre se alguma criança iria encontrar esses comprimidos, o que poderia ter tido sérias consequências que Erik não queria.

Quando Erik jogou fora os comprimidos, ele andou pela vizinhança, e ele veio até um hotel, pensando que estava reservando um quarto em um nome falso e pagando em dinheiro, então ele vai tomar a recuperação amanhã. Quando ele chegou à recepção, havia duas mulheres. Era muito tarde da noite, então ele teve que tocar um sino para que as portas se abrissem, para que ele pudesse entrar. Quando Erik entra em contato com um dos funcionários do hotel, ele pergunta quanto custa ter um quarto de solteiro? Quando ele se apresenta para dizer a ela qual é o preço, Erik olha para sua placa de identificação que ela tinha em sua jaqueta. Era o mesmo sobrenome da pessoa onde ele ia se recuperar. Este sobrenome era um nome muito incomum, então ele reagiu imediatamente quando viu o nome. Erik rapidamente teve que inventar um pedido de desculpas quando ela disse qual era o preço.

Ah, não. Ele disse, eu vouter que continuar procurando. Foi muito caro por apenas uma noite. Erik agradeceu ela e saiu do hotel. Quando ele saiu do hotel, pensou, como o mundo é pequeno. Aqui você corre por uma cidade que eu tinha pouco conhecimento. Encontra um hotel, e lá está um parente do objeto. Se eles se conheciam ou não, era estranho mesmo. Erik ligou para seus amigos na frente de casa, e seu conselho era se afastar imediatamente. Agora ele tinha marcado o que eles eram capazes, o que em muitos casos foi suficiente.

Mas não! Erik teria apossado esse cara, e se ele pegou seu vizinho, foi um bônus. Ele começou a andar pela cidade enquanto esperava o retorno do objeto. Começou a ficar um pouco mais tarde da noite e estava bemfrio lá fora. Havia uma Galleria com lojas. Erik foi comprar algo para mastigar, mas acabou com um chocolate. Quando ele se aqueceu um pouco, ele saiu do shopping para continuar em direção ao seu carro. Erik não chegou tão longe do shopping quando de repente começou a cheirar como policiais. O suficiente para ser uma cidade maior, mas agora a polícia estava de passagem, quando parecia que toda a força policial tinha vindo para aquela cidade, ou eles estavam atrás de Erik?!

Erik estava com medo que eles estivessem atrás dele. Os promotores tinhamuma tendência a ficar sob custódia por um mínimo. Eles procuravam erros e crimes o tempo todo, mas desta vez o vizinho do objeto não só tinha avisado o objeto, como também tinha tomado o cuidado de chamar a polícia. Acontece que o cara que ERik teria pego, como eu disse saltou pelos fundos da propriedade, e correu para a estrada para pegar o número de registro do carro, Erik tinha entrado. Quando a polícia descobriu quem erik era, deu uma volta, mas ele não sabia disso quando entrou na praça.

Erik tentou fugir da praça, e começou a correr de volta para o shopping, saindo assim do outro lado do shopping. Agora ele estava procurando um beco novamente, e agora havia crime na cozinha. Erik tinha uma arma afiada comele, e ele não queria ser preso com isso, e a única coisa que ele pensou foi encontrar um bueiro novamente, então meu problema teria ido embora. Ele começou a vislumbrar um bueiro com barras, agora Erik pensou, e começou a procurar a arma com a mão esquerda, então ele sabia que estava lá. O cano estava muitofrio quando estava frio lá fora. Erik pegou a arma, pegou a revista e fez um movimento de manto para que o tiro na corrida saísse. A ideia era jogá-lo entre a grade, mas descobriu-se que a arma era simplesmente muito grande. Não é fácil se divertir tanto, se tal grade para que ele pudesse levantá-la, então agora era uma questão de pensar rapidamente. Erik olhou para a revista para a arma e pensou que o pequeno salto que está no fundo da revista poderia ser útil, então ele levantou a grade. Ele desceu um pedaço da revista para dar a volta no calcanhar, então ele se juntou à grade, o que aconteceu. Erik levantou tanto a grade que surgiu um pouco na beira da rua, para que ele pudesse agarrar a grade do bueiro. Ele só pegou sua arma e revista, e então sabia se ele tinha algo que poderia ser diretamente inapropriado no caso de uma prisão.

Em outro lugar da cidade...

Henke escolheu falar com Bob como Henke pensou que o agente McGill tinha estragado a situação Henke não sabia como fazê-lo e não queria ser visto, como um maldito squeaker com os outros na Organização mas como diabos os membros operceberiam agora? Henke pensou.

Bob era um homem velho, então Henke confiou muito a ele. Bob achou que deveria verificar por que isso aconteceu, e por que o Agente McGill queria um pedaço do bolo?

Olha, eu realmente não sei, mas acho que ela queria se levantar, disse Henke.

Sim, talvez seja simples assim. Bob disse.

Bob perguntou em silêncio o que Erik estava a fazer, e o que aquela Big Mama tinha para alguns planos desonestos com McGill

Você parece preocupado, Bob. Henke disse. O que há com você? Henke perguntou.

Não, não tem nada a ver comigo. Bob respondeu, mas pensei por que isso está acontecendo agora? "Não posso liberar Big

Mama ou Agente McGill, mas tenho quase certeza de que isso vai acabar", continuou Bob, levantando as sobrancelhas que só ele poderia fazer.

Henke disse ao Bob que, no momento, era possível deixá-lo ir, e eram apenas teorias que criassem dores de cabeça. Henke também disse que a Agente McGill tinha falado nas ocasiões em que ambos se conheceram, mas se pergunta o que ela realmente queria?

Erik começou a deslizar pela cidade como uma pessoa completamente inocente, mas assim como os criminosos vêem policiais, os policiais também vêem criminosos, tão certo quanto Amém na igreja. Parece estranho, mas muitas vezes é assim, que eles se veem de alguma forma estranha, e neste, caso ele estava por algumas semanas de volta brilhou pela polícia (Procurado). Quando o vizinho do objeto complementou seu relatório com o número de registro do carro de Erik, explodiu os policiais da cidade com o tambor. Os oficiais que normalmente caçavam bêbados e tipos agora tinham um caso relacionado com Mc com uma pessoa procurada. Era véspera de Natal para eles. Erik começou a experimentar esta cidade, muito pequena e apertada. Ele andou por aí para poder ver seu carro à distância, mas não era hora de pegá-lo, pois havia policiais em ambas as extremidades da estrada. Não que tenha sido uma surpresa direta, mas Erik ainda não aceitou que eles estavam procurando por ele e decidiu dar a volta na casa da polícia para ficar a algumas quadras de seu carro. Quando ele chegou a poucos quarteirões de seu carro, ele apareceu em uma estrada diferente, para encontrar o caminho para fora da própria cidade interior. Quando Erik começou a andar naquela estrada, ele agora podia ver um ônibus da polícia à esquerda, mais acima em uma estrada adjacente. Apenas um minuto depois que ele viu este ônibus da polícia, também haverá um carro de polícia regular na estrada onde Erik balançou para cima. Ele pegou o chocolate só para fazer algo para que não parecesse estranho que ele fosse lá so elepensou tão fodido, estúpido pensamento estúpido então ele corareé apenas ele escreve- lo. Tele carro de polícia regular dirigiu muito perto de Erik antes de parar. Um policial sai e começa a chamar seu nome, e então era hora de perceber que ele estava atrás dele. Era um policial de meia-idade que agora lentamente começou a caminhar em direção a Erik, com um policial atrás dele, com uma mão em sua arma de serviço. Este policial queria que tudo corresse bem. Você tem uma arma apontada para você, ele perguntou?

Eles se comportaram muito tenso e cautelosamente. Erik respondeu que estava armado. Agora ficou muito tenso. Você podia ouvir e ver este policial tomar uma posição completamente diferente e uma posição de voz diferente.

Abaixe a arma! Ele diz, com uma voz mais assertiva.

Erik disse que ele só está armado com um chocolate e que ele não pretendia colocar para baixo quando havia muito sobrando. O policial então grita para ele abaixar a arma novamente.

Eu não tenho armas! Erik responde.

Nós não acreditamos em você, ou seja, deitar vocês, satânico psychopat, gritar o policial.

Erik entendeu que eles não apreciavam sua "piadade chocolate". Quando ele se deita no chão, também há policiais da estrada adjacente. Foram os policiais do ônibus. Toda a atmosfera tornou-se desagradável e tensa. Primeiro colocaram Erik algemado nas costas, mas depois de uma busca, o policial mais velho disse que colocariam as algemas na frente, se Erik ficasse calmo.

Parecia perda de energia desnecessária para revidar. Quando colocaram Erik no carro da polícia, começaram a dirigir em direção à delegacia. Eles entraram nos fundos da estação e entraram por alguns portões. Uma vez dentro da garagem, eles não abriram a porta do carro até que a porta atrás deles estivesse completamente fechada. Antes da abertura do policial, ele disse a Erik para ficar muito calmo, e garantiu que ele não tivesse a chance de sair de lá. Erik então perguntou à polícia o que ele tinha feito? Uma pergunta que ele já fez várias vezes durante a viagem. Ele simplesmente respondeu que Erik sabia muito bem. Os policiais se perguntaram ao mesmo tempo como Erik poderia ter conseguido assustar uma família inteira em apenas algumas horas. Acontece que toda a família do objeto estava sentada na delegacia quando estavam aterrorizadas.

O oficial trouxe Erik para um escritório. Logo após o veredicto veio outro policial, que sentava e esperava e verificava Erik enquanto outro policial contatava o promotor para ouvir quais decisões seriam tomadas em seu caso. O policial que estava de guarda achou legal ter capturado a brincadeira de Skane county. Ele tinha uma maneira bastante humilde e perguntou o que o mal estava fazendo tão longe no país, quando eles não estavam acostumados a ter criminosos deste calibre. Erik não teve uma resposta mais longa, mas respondeu a ele que era negócio. Ele imediatamente se perguntou quem não tinha feito o seu negócio? Foi uma pergunta que não foi respondida. Quando este policial começou a entender que nenhuma resposta viria de Erik, ele mudou de tática e começou a falar geralmente sobre esta cidade em que ele achava que era desinteressante. Erik só queria ouvir o que o promotor tinha a dizer e que decisão ele ou ela tinha tomado. Levou pelo menos uma hora para eles se apossarem de qualquer promotor que quisesse tomaruma decisão.

Eles também ligaram o número do seguro social para que o escritório do daypudesse tomaruma decisão. Erik sabia tanto que era procurado, então o promotor já tinha uma razão para prendê-lo, mas aparentemente eles queriam pegá-lo em vários pontos. Estava acima de tudo este novo caso, eles queriam ligar Erik. Depois de uma longa espera, o policial que algemou Erik, entra no escritório para anunciar que o promotor havia decidido prendê-lo por ameaças ilegais agravadas, posse ilegal de armas que seriam provadas por testemunha, já que ele não tinha arma quando o prenderam. Então ele queria manter Erik por roubo em dois apartamentos e procedimento arbitrário. Além disso, ele já era procurado, quando era suspeito de esfaquear um cara fortemente em Skane county, entãoprovavelmente este promotor tinha tudo em seus pés.

Erik pediu um advogado imediatamente, o que eles arranjariam até a manhã seguinte. Agora era para entregar as coisas deles de volta. Cinto, cadarços, brincose bolsos vazios. Em seguida, ele levou para a gaiola atrás das grades novamente. Droga, o que o Erik estava prestes a entrar e sair como a pior síndrome do ioiô, mas ele não tinha muito a dizer. Ele só podia se deitar e esperar o advogado chegar de manhã.

Depois de uma longa noite, finalmente seu advogado finalmente chegou por volta das nove horas da manhã. Não era o que eles costumavam usar, como viria primeiro emuma data posterior. Erik não gostou do novo advogado, mas é advogado mesmo assim.

Ele começou se apresentando e me dando um cartão de visita com seus números de telefone. SEdan me disse que isso parecia difícil. Houve testemunhas de acordo com a polícia que viu Erik com uma arma, e que também disse que ele o ameaçou com essa arma, o que foi pura mentira. Ele aparentemente percebeu sua audição como uma ameaça, mas ele não tinha apontado uma arma para aquele cara. Erik guardou a arma, mas ele a viu, tanto que sabia.

Agora o advogado queria que eles se abaixassem e esperassem pelas próximas audiências durante o dia. Erik não queria ser interrogado, o que ele declarou claramente a este advogado. Ele diz que eles ganham mais respondendo às perguntas.

Este advogado e Erik claramente não tinham a mesma opinião sobre o interrogatório, mas, no entanto, concluíram que Erik participaria fisicamente dessas audiências. De acordo com a lei, você tem direito a qualquer período de tempo com seu advogado, mas é, segundo ele, uma modificação da verdade. Eles foram rapidamente chamados para a primeira audiência quando meu advogado tinha chegado.

Agora havia um novo policial que se apresentou como inspetor. Bom seria.
Ele se perguntou se Erik queria aliviar seu coração e admitir qualquer crime. O advogado dele disse que seu cliente negou qualquer irregularidade em todas as acusações. Ele então começou a falar sobre seu "Objeto", que havia se sentido ameaçado por Erik. Estranho! Ele pensou. Erik nem tinha conhecido o cara ao vivo, e o advogado respondeu que seu cliente nem sabia quem era essa pessoa. Foi estranho. O oficial disse. A pessoa que fez o relatório descreveu seu taco de beisebol em

grandedetalhe. Então algo ainda mais estranho foi que seu carro estava embaixo do apartamento do objeto? Mas o que o policial achou absolutamente, sensacional foi que no carro do Erik havia exatamente o mesmo taco de beisebol. Isso foi estranho?! O advogado virou-se para Erik e se perguntou se ele tinha uma resposta sobre por que ele tinha um taco de beisebol em seu carro.

Erik respondeu que começou a jogar beisebol e praticou muito bater na bola. O advogado e a polícia riram por um momento. Não senti que eles acreditavam nesta versão. Erik disse ao advogado que um taco de beisebol não era ilegal. A polícia ouviu o que ele disse. Não. A polícia disse que não é tão, desde que você bata bolas, mas se você bater nas pessoas, torna-se muito ilegal. O advogado de Erik apontou que não havia nada sobre seu cliente bater em alguém com um taco de beisebol. Em seguida, seu advogado lhe disse que poderia ser uma coincidência, que havia um taco de beisebol semelhante no carro de seu cliente, como o vizinho de Object havia descrito, tele oficial então diz que não poderia ser uma coincidência, uma vez que este taco de beisebol em particular estava em casa virado e era o taco de beisebol mais áspero que ele já tinha visto. O taco de beisebol tinha mais de 12 cm de diâmetro na frente da madeira.

O advogado olhou um pouco para Erik e disse ao policial que quase não havia nada infringindo qualquer lei, como o policial tinha que admitir. O oficial disse que também não viu um jogador de beisebol usando um taco de beisebol tão grande. Ele queria uma explicação sobre por que ele tinha um taco de beisebol tão grande. Erik só tinha que responder a ele, que as árvores de beisebol compradas se curvam facilmente se você bater uma bola. Sim, Erik respondeu. O oficial olha para ele como se ele se perguntasse se Erik pensou que ele estava completamente caído atrás de uma carroça.

Ele então pergunta se Erik pensou que foi erroneamente percebido pelo "Objeto" se sentir ameaçado por ele, ao que o advogado de Erik respondeu, que foi bem compreendido. O oficial queria saber o que Erik estava fazendo tão longe de casa.

Eu estava livre e só queria me ver pela Suécia. Erik Inspector respondeu. O oficial queria terminar o interrogatório e explicou que ele poderia ficar na jaula por mais um tempo. O advogado do Erik disse que podem prendê-lo por alguns dias. Erik disse ao advogado que conhecia essas regras para parar de contar a ele.

De volta à jaula de novo. Agora era como se toda a polícia corresse e olhasse quem Erik era. Havia muito interesse em quem ele era.

Se eu fizer isso, sabendo desse interesse, tirei dez centavos cada vez que eles olhavam para a cela onde eu estava sentado. Teria sido muito dinheiro, pensou Erik. Ele começou a atender e tocou a campainha para que o guarda chegasse.

Capítulo 17

Quero ligar para meu advogado agora! Diz Erik.

Você vaiter que esperar que ele vaivoltarmais tarde. Respondendo ao guarda, odele foi na verdade umcomportamento errado, pois você temo direito de entrar em contato com seu advogado, quando você deseja but isso é oque a lei diz, mas a realidade é uma história completamente diferente. Você não tem muito o que fazer quando você está sentadolá na cadeia, ena prisão é sombrio. Três horas depois da audiência, era hora de outra audiência. O inspetor veio sozinho e abriu a porta para a cela de Erik. Ele se pergunta se Erik poderia considerar responder qualquer pergunta sem um l awyer. Não! De jeito nenhum! Erik responde irritado. O inspetor fechou a porta da cela e fechou a escotilha de inspeção, então havia fumaça sobre ela. Ele estava muito irritado com o não de Erik ao interrogatório.

Ele voltou depois de 45 minutos. Você pode se levantar agora? O inspetor perguntou. Seu advogado está no local, ele disse com grande irritação. Erik teve que se levantar para entrar em uma sala de interrogatório, seu advogado já estava na sala de interrogatório. Vamos ver, disse o inspetor. De acordo com os queixosos, você Que arma? O advogado de Erik perguntou.

Agora o advogado queria saber qual era a alegação de que o inspetor estava falando? Estes o seu advogado, dizendo que eles não poderiam sentar aqui e insinuar. Bem, agora é o caso que o autor tinha feito esta declaração. Que agora o inspetor nos disse. Este inspetor tinha muito o que vir, mas dito isso. Os crimes foram negados em todas as acusações, e isso não fez Erik como pessoa, mais popular naquela estação. Depois de muitas negações, foi mais uma vez, hora de voltar para a célula sombria. Quando você está preso e é tranquilo, você começa a pensar em todas as coisas ruins que você fez emseus dias. Erik tem um senso de vingança. Ele só queria enviar um monte de amigos para essas pessoas que o notificaram. Erik não podia ligar para ninguém, mas o advogado que era o único com quem ele poderia ter contato, para que Erik não pudesse complicar a investigação. Erik estava ficando irritado porque não lhe disseram o que ia acontecer.

Começou a ser fim da tarde e agora há um segurança circulado, que trabalhou a mais na prisão e informa Erik que estava indo ao tribunal distrital para a audiência de detenção. Como diabos um segurança estúpido pode vir e dizer isso? Deve ser o advogado de Erik quem o informou sobre uma audiência pré-julgamento?

Quando devo comparecer a uma audiência de detenção, Erik se perguntou.

Amanhã às 10:00. Responde ao guarda.

Agora Erik estava realmente chateado e começou por pura fúria para chutar a porra da cama que era agora a única coisa que ele podia ligar, Erik estava tão irritado que o segurança abriu a escotilha de inspeção para me pedir para me acalmar. Erik disse para ele ir para o inferno. Se ele entrasse, Erik prometeu correr ate´a cama no corredor estreito dele. O segurança não entrou, mas derramou combustível de humor, enfiando o rosto na escotilha de inspeção e dizendo que era uma ameaça para o oficial. Ele deve estar feliz por estar do outro lado da porta da cela.

O advogado do Erik chegou pouco antes das 18h.m. Ele se desculpou tanto por não anunciar no início do dia que haveria uma audiência de detenção. Então ele diz que Erik provavelmente será detido. Erik se perguntou como diabos o promotor poderia ir para a audiência pré-julgamento comessas, evidências fracas que eram basicamente baseadas em boatos dos queixosos. O advogado diz que se você se mover com tal clientela, você tem que esperar muitas vezes ser detido com provas ruins, uma vez que ele como pessoa estava nos registros, como nos registros da polícia ASP, então ele tinha aparecido frequentemente em rolos policiais, e provavelmente seria detido em incidentes anteriores. Isso parecia fraco e não deu a Erik maior fé na sociedade porque ele já era tão odioso em relação a ela, agora você pode pensar que ele era culpado, mas não é relevante precisamente sobre esta questão. A sociedade deve provar que é culpada de um crime. Vocêpode, não julgar em incidentes antigos, então há um problema com o sistema de justiça.

Com retrospectiva, Erik pode dizer que a sociedade muitas vezes faz abusos grosseiros julgando boatos, e nas mochilas das pessoas. É um perigo comum quando pessoas inocentes podem ser julgadas. Agora Erik estava em uma tentativa de recuperação e não tinha prejudicado ninguém. Mas poderia ser uma pessoa que tinha antecedentes criminais, e que tinha começado em sua vida que foi acusado.

Essa pessoa também seria detida? O risco é grande. É totalmente inaceitável que isso possa acontecer.

Este país tem um Livro de Leis que é claro, mas que não é cumprido. Por que você faria isso? A Comissão Europeia afirma claramente que deve ser considerado inocente até que se prove o contrário. Também diz que surgiu um grande perigo para a sociedade, uma vez que a mídia muitas vezes teve tempo de julgar o suspeito perante ostribunais, uma decisão. Ao mesmo tempo que a lei diz que temos liberdade de imprensa. Que a políticaians não pode entender que essas leis estão caindo muito, e que uma mudança na lei é necessária, porque você não reage às leis até que você como pessoa tenha sido exposto. Está convencido de que muitos agora, pensando que Erik sente pena de si mesmo, e que ele como pessoa teria sido injustamente tratado pela sociedade. Na verdade, Erik tem sido um porco e tanto contra muitas pessoas na sua época, e provavelmente a palavra porco é uma palavra muito boa porque ele fez um monte de coisas ilegais.

Ele tem sido chamado a maior parte do tempo durante seu tempo criminoso, mas independentemente de seu mau comportamento, não justifica que a própria sociedade esteja infringindo a lei e tranque o mal por abuso de poder. Todos têm direito a um julgamento justo e não devem ser julgados pela sociedade até que o veredicto seja proferido, e mesmo que nosso país cumpra com a Comissão Europeia, pessoas inocentes são sentenciadas todos os dias em nosso país alongado. Tanto nos tribunais quanto na mídia de massa.

Mas de volta à ação.

Erik tinha pouco interesse neste advogado, já que ele já havia apresentado uma perda, acreditando que Erik seria detido. Ele tinha simplesmente um advogado que só fazia o necessário para seus clientes, e que não tinha espírito de luta, então não foi que Erik sentiu que a vida era muito pesada, para o momento.

Na manhã seguinte, o café da manhã chegou e Erik teve tempo de falar com seu advogado alguns minutos antes de ir para o Tribunal Distrital para uma audiência de pré-julgamento. Naturalmente, elefoi detido por risco de fuga e que havia um risco de conluio se eu fosse solto nesta fase. Então, foi só voltar para a cadeia para esperar a retirada para a cadeia.

Os funcionários da prisão que vinham buscar Erik não estavam exatamente com pressa de vir. Não chegou até mais perto das 5:00 da noite, que algo começou a acontecer. Erik só tinha sido levado para um chuveiro duas vezes desde sua prisão. Era melhor ser detido, pois era uma cela melhor, e roupas limpas para que Erik pudesse se sentir um pouco mais fresco.

Quando o pessoal da prisão chegou, havia um homem e uma mulher. Estranhamente, era a guarda feminina que se sentava lado a lado de Erik no banco de trás. Antes de saírem para a cadeia, o policial que o interrogou queria colocar algemas nele. Algemado foi por cerca de 20 metros. Quando vocêestáem um carro deprisão, parece uma pequena gaiola atrás do banco do motorista em plástico duro, e você começa a sentar-se contra a janela. Na frente de um há algo, como um tubo de ferro dobrado que está ancorado na própria gaiola. Ele está acostumado a algemar pessoas problemáticas.

O guarda e o coordenador de segurança não queriam que Erik escapasse, daí a rigorosa segurança. Eles até tinham um "motoristade guarda" e dois guardas para que a segurança reforçada pudesse ser mantida.

Quando Erik entrou no carro da prisão, a guarda disse que ela tiraria as algemas de Erik, mas ao mesmo tempo disse que eles iriam montá-lo no mesmo segundo, como ele estava fodendo no carro. Ela disse que sabia o que eles representavam, e que eles não iriam bater em uma mulher, embora esta mulher seria um guarda. Aparentemente, ela foi informada, pois não tinham permissão para usar violência contra mulheres ou crianças. Era uma lei não escrita que sempre foi seguida. Eles tinham meia hora de carro nesta van de detenção antes de chegar à detenção custody em uma cidade grande. Agora foi em uma delegacia de polícia novamente, o elevador no último andar, naquele prédio. E então era hora de ser registrado na Guarda Central, Erik tinha feito isso tantas vezes ao longo dos anos, então ele sabia o que ia acontecer.

Eles queriam saber, um monte de coisas como, por exemplo, se Erik foi em alguns medicamentos ou abusou de drogas, e Erik poderia responder não a essas perguntas, uma vez que ele nunca realmente ingeriu qualquer tipo de droga em seu corpo, pelo qual ele quer dizer narcóticos. No entanto, Erik bebeu muita bebida alcoólica. Agora era hora de desistir de todas as suas próprias roupas, e em vez disso obter roupas que dizia KVV, (O Serviço Penitenciário) em, e um par de sandálias.

Agora era apenas uma nova "gaiola", para ser quebrada, porque era disso que se tratava, mas no Tribunal Distrital é chamado de bom colléperigo de íon. Queria que todos os promotores ou outros funcionários do governo pudessem ficar presos por algumas semanas.

Então eles teriam umlado muito maishumilde contra aqueles que estão presos nas prisões. Para começar, ser detido está longe de ser o mesmo que ficar fora de uma sentença em uma prisão. Lá, os presos têm coisas para se envolver, como trabalho e conhecer outros presos, ou seja, uma vida mais humana. Uma vida sob custódia com restrições significa isolamento dentro de quatro paredes e uma hora de descanso por dia, o que significa que você pode sentar em sua cela 23 horas por dia. Isso se chama humano? Agora, talvez muitas pessoas pensem que o que Erik fez, nem ele era humano, e que ele valia a pena sentar na cela 23 horas por dia. Sim, muitas pessoas que lêem essas linhas provavelmente estão na fila, mas agora que Erik está em liberdade há quase dez anos, ele vê as coisas um pouco diferente. Se as autoridades detiveram uma pessoa, toda a responsabilidade recai sobre essas autoridades para garantir que o preso esteja bem, física e psicologicamente.

Muitasvezes, você ouve que um detento tentou se matar, e até conseguiu. Por que acha que isso só acontece na detenção? Você também pode vê-lo do lado da vítima, que acha legal que o mal esteja preso quando eles geralmente se sentem ameaçados, e é aqui que todo o sistema falha, Erik acha.

Quando um promotor detém o autor, a vítima é embalada em falsa segurança. A vítima pode, naturalmente, se sentir segura por um tempo durante a detenção real, mas quando o julgamento começa, se houver um julgamento, há uma grande razão pela qual a vítima pode sentir uma ameaça mais tangível. Porque o que acontece em um relatório policial é que a polícia que recebe o relatório geralmente promete ouro e prados verdes para o autor, mas a realidade rapidamente bate, e se apresenta em um disfarce completamente diferente. A verdade é que o suspeito está preso em termos completamente desumanos, e cria uma pessoa que se torna extremamente vingativa. Como o suspeito não conhece ninguém, ele fica isolado, e como um ser humano começa a pensar pensamentos completamente loucos. O que faz de você um suspeito de pensamento curto. Você não tem que manter uma pessoa presa por um longo tempo, para que ele comece a quebrar. É estranho que a sociedade moderna trate os suspeitos dessa maneira doentia. Então este país é um grande defensor dos direitos humanos. Se você está sob custódia, você deve ser presumido inocente até que o veredicto seja proferido. Quantas pessoas você acha que não estão sob custódia todos os anos na Suécia, que é então libertada, quando ficou claro que elas não são, culpadas. Isso não tem nada a ver com os crimes que Erik cometeu, ou por que ele foi detido. Se você é um cara mau você tem que contar com essas medidas coercitivas. Erik quer informar as pessoas comuns que elas podem ser facilmente detidas. É ouvido muitas vezes que altos funcionários foram detidos por suspeita de crime ecológico. Esses altos funcionários vivem uma vida no chamado corredor de sanduíches de camarão, o que significa que se tal pessoa é detida, pode ter consequências absolutamente devastadoras, já que uma detenção lhes dá reputações extremamente ruins.

O que é provavelmente o pior é que a psique de tal pessoa não pode lidar com este exercício de liberdade. Eles se sentem muito rapidamente mal sobre isso e descem em algum tipode psicose que leva a tentativas de suicídio. Mesmo um bandido experiente sente merda, não importa o quão duros eles sejam. A única diferença é que os bandidos geralmente têm um mandado incluído nas regras do jogo quando executam diferentes crimes. Então, a psique dos bandidos está mais preparada, e isso geralmente é absolutamente, crucial.

Em outro lugar da cidade.

Queinferno! Henke pensou. Agora não sou melhor que Erik quando ele espancou Anton até a morte. É um pensamento frustrante em Henke, que no momento não sabia como resolver o assunto.

O agente McGill dirigiu e encontrou-se com Henke, e agora tinha uma pessoa como testemunha. Henke perguntou quem diabos ela estava carregando?

Há uma pessoa com quem tenho porque não devemos trabalhar nós mesmos, mas a pessoa em questão pode andar a uma certa distância. McGill responde.

Olá! Henke disse, e indo embora, para dizer que a pessoa que você trouxe, você poderia me identificar.

Bem, esse é um risco que você vai ter quetomar Henke, se você quiser incriminar a pessoa que matou Carl. Henke se sentiu como um guincho barato quando o agente McGill disse essas palavras.

Definir Erik era uma boa ideia, mas agora a situação tinha mudado radicalmente, porque ela tinha uma pessoa com ela de SAPO, e não parecia que Henke queria correr esse risco

Henke disse ao agente McGill que só queria falar
com ela, ounão, não vai ser nada disso.

Ambos pareciam irritados com a situação, e
Henke apenas olhou para ela, que não disse
muito. Henke tinha feito a sua mente e foi para
o seu carro e fez um forte salto de partida.
McGill percebeu que Henke não queria cumprir
seu compromisso e percebeu que nenhuma
solução estava por vir.

Sim, McGill pensou. Acho que Henke vai ter que
voltar se quiser falar conosco.

Henke dirigiu até o Clube e percebeu que a
solução quebrou.

Agora Erik não quer que as autoridades sejam
privadas dessas medidas coercitivas, mas acha
que elas devem treinar funcionários que têm
habilidades especiais, nesta área o serviço
penitenciário muitas vezes sai na mídia de massa
com seus funcionários sendo especialmente
treinados nesta área em particular, mas como
eles podem ser especialmente treinados,
quando eles próprios não foram submetidos a
esta forma de detenção?

Para que o sistema prisional seja desenvolvido, o
pessoal deve saber como é ser preso sem saber

quando sai. Por que não tê-lo como parte de sua educação? Deixe-os sentar por 2 semanas ou um mês, para que eles possam sentir seu próprio registro emocional, que vem claramente em um isolamento. Então eles não teriam sido mais tão rudes com os detidos, porque há uma grande porcentagem, que são detidos e sentados lá inocentemente, e eles são tratados como as pessoas fortemente criminosas. As diferenças são grandes entre a psique de um ônibus e uma Svensson. Um bandido tem isso como um trabalho, enquanto um Svensson, que acidentalmente é preso, perde completamente o pé.

Mas de volta ao evento...

Erik estava agora na cela da prisão e se perguntou quanto tempo ele poderia ficar sentado lá. Ele sabia que o promotor não poderia segurá-lo por mais tempo do que a sentença de prisão seria, mas com essa mochila que Erik puxou, qualquer crime poderia ser um longo tempo atrás das grades. Porque é assim que as coisas são. Uma pessoa normal receberia alguns meses por, por exemplo, posse ilegal de arma. Se Erik fosse pessoalmente punido por um crime semelhante, teria sido pelo menos 6

meses, independentemente do que o livro de
estatutos diz. Parece irreal, mas essa é a
verdade. Alguns elementos criminosos são
punidos mais severamente do que outros.

Agora Erik começou a planejar porque ele
poderia sobreviver a este período de detenção,
psicologicamente, e sem perder sua máscara
para os guardas. Ele era duro como granito,
quando estava em contato com os guardas, mas
no fundo ele era macio como um suportar que
se sentia muito mal emuito mesmo que foi
preso nesta forma de isolamento temlágrimas
de campo em abundância, embora ninguém
gostaria de admiti-lo. Você nunca se acostuma a
ser preso como um ser humano,
independentemente de tersido preso x
númerode vezes. Você quebra um pouco todas
as vezes. Você se torna mais forte que uma
pessoa comum, mas nunca tão forte para não
sentir.

Os dias eram extremamente lentos, e Erik queria
falar com alguém tanto como um cara e como
pessoa, para que ele não enlouquecesse. Ser
preso 23 horas por dia faz você
temporariamente maluco, e isso pode, não ser
explicado, mas você tem, para experimentar

este inferno você mesmo. Um dia, um dos guardas vem e abre a porta para a cela de Erik e disse que tinha uma visita. Erik ficou um pouco surpreso porque ele tinha restrições completas e não foi autorizado a visitar mais do que de seu advogado, mas o Oficial Executivo aparentemente recebeu um fax do tribunal distrital onde as restrições de Erik tinham sido alteradas para que ele agora estava autorizado a fazer visitas. Foi importante para Erik, porque isso significa que ele pode ler o jornal, ouvir o rádio, etc.

Depois de algumas horas veio a visita de Erik, mas Erik sabia que nenhum visitante previamente punido era permitido entrar, então Erik se perguntou claramente quem viria.

De repente, um guarda bateu na sala de visitas em que Erik se sentou, lá vem um homem que conhecia a Big Mama, e essa amizade foi construída sob premissas completamente diferentes.

Erik se perguntou por que essa pessoa tinha vindo visitar, pois ele não parecia querer falar tanto sobre a visita.

Quem é você? Erik disse, e parecia muito, surpreso.

Meu nome é Benga, e conheço o Goblin kid um pouco esporadicamente, e acho que tenho uma mensagem importante para você sobre o que é provável que aconteça.

Oh, vocêacha, então? Erik contou a Benga.

Ouvi uma conversa entre o Goblin kid e o Agente McGill, e parecia uma confiança entre esses dois. Parecia uma conversa entre mãe e filha, mas foi o que eles estavam discutindo que me fez reagir.

Como assim agora? Erik contou a Benga.

Bem, eu não quero carregar fofocas, mas parecia que foi planejado para te tirar Erik quando você ouviu os dois falarem...

Ambos? Erik disse.

Sim, parece que ela e o Goblin kid são mãe e filha, disse Benga.

Que?! Erik disse... Não, eles não são!

Os dois costumam ter festas juntos, e ambos falam como se fossem mãe e filha, disse Benga.

O que quer dizer agora? Disse Erik, que não entendia o que estava acontecendo. Não! Erik disse, eu entendo e isso é o suficiente.

Ah, sim, sim. Disse Benga, então eu sinto que eu fizum bom trabalho.

Sim, você certamente tem. Erik disse, e seus caminhos se dividiram.

O guarda trancou Erik de novo, e Benga saiu da cadeia.

Hmm, disse Erik, isso começa a explicar por que a informação fica no plano errado, e por que as pessoas erradas a coletam tão facilmente sem que nós tenha um guincho.

O escritório cerebral de Erik começou a perceber o que estava prestes a acontecer no submundo, embora ele não pudesse ver exatamente o que iria acontecer naquele momento.

Erik! Gritou o guarda quando ele destrancou a sala de visitas.

Bem, euestou acabado. Erik disse, que sabia que o guarda não queria se encontrar de surpresa, então foi certamente por isso que eles choraram.

E aí, seu velho? Perguntou o guarda.

O guarda se perguntou como Erik estava?

Isso foi à noite, e então há regulamentos que
dizem que os guardas devem ter dois anos
quando abrem a porta da cela tão tarde porque
o pessoal é mínimo, e especialmente quando
eles abriram a porta para uma pessoa que
sentou com restrições completas. Eles podem
estar desesperados para escapar. Então, ele fez
uma má conduta, e mostrou que também há
bons guardas.

Ele colocou uma cadeira na entrada da porta da
cela. Ele tinha notado que Erik começou a andar
depois de mais de duas semanas trancado e de
estar completamente isolado. Ele disse que Erik
poderia ter um padre da prisão que poderia vir e
falar com ele se você quisesse. Hahaha! Eu
falaria com um padre sobre a igreja e afins?
Não! Isso claramente parecia ridículo, ele não
podia sentar e falar com um padre. Você sabia
do que ele ia falar. Então ele gostaria de se
tornar cristão também! Então o guarda diz que o
padre não é como um cliente regular. Ele nunca
menciona a Igreja ou sua fé a menos que você
mesmo a denuncie.

Ah, o que é isso? Erik disse espantado com o
guarda. Como ele é?

Ele está aqui para ajudar os presos quando é
pesado, e se você precisa de alguém para
conversar, ele disse, e pensou que Erik poderia

tentar falar com ele. Sim, claro, pensamento Erik, seria bom se você ficasse lá e mastigasse um monte de merda para que o guarda pudesse saber como os crimes aconteceram.

Além disso, ele disse que o padre tinha um dever de confidencialidade, que ele pensou que se encaixaria perfeitamente em Erik.

Este guarda tinha a ver com muitos criminosos pesados que viviam do crime organizado. Depois de um longo período de conversa com o guarda, eles decidiram que Erik tentaria falar com ele.

À tarde, no dia seguinte, ele ouve como abrem a porta da cela. Ali estava o guarda com quem Erik falou na noite anterior, e com ele ele tinha um pequeno padre ruivo, mas Erik não podia ver nas roupas quando ele não tinha nada para mostrar que ele era um padre, mas Erik não tinha nenhuma outra visita que fosse diretamente reservada. Agora ele era como uma capercaillie orgulhosa, gelada e com um olhar que provavelmente disse que eu poderia lidar comigo mesmo. Mas a verdade era bem diferente. Erik, no entanto, foi um pouco atencioso sobre este padre, pois não era possível ver se ele era o que ele pretendia ser. Ele poderia ser um policial que se aproveitou da situação quando Erik estava para baixo para contagem regressiva. Erik estava muito

desconfiado dessa pessoa e não sabia se podia
confiar nele. Ele estava aparentemente
acostumado com o fato de que o padre foi
tratado com grande suspeita. Quando o padre
entrou na cela, ele se apresentou, então ele não
disse mais nada, o guarda foi e lá sentou-se Erik
com um padre que não disse um som. A situação
toda estava ficando embaraçosa e Erik não
queria dizer nada, pois ele seria legal.

Cinco minutos se passavam, então o padre disse
que não falaria sobre religião e perguntou se era
por isso que Erik estava em silêncio. Não! Ele
respondeu tão frio quanto um cubo degelo,
opadre perguntou se havia algo que ele queria?
O que quer dizer com isso? Erik perguntou ao
padre.

Então ele se pergunta se Erik tinha algum
interesse. Ele respondeu que tocou piano por
muitos anos, e pensou que lhe dava bastante.

Tão bom, disse o padre. Então talvez eu possa
arranjar, para que você possa colocar um
sintetizador na cela.

Bem? Erik respondeu muito atencioso. Dado que
ele estava restrito, e em princípio seria
solicitado se você quisesse trocar a cueca dele
ou ir ao banho.

Se ele tirou sarro de mim? Ou eu errei! Então eu estava muito fervido na cabeça depois de 2 semanas de isolamento. Pensei que Erik.

Além disso, o padre disse que poderia voltar amanhã com uma mensagem queele realmente fez he era tão experiente em lidar com criminosos pesados e sabia que tinha que construir confiança s ince ele realmente veio com um sintetizador no dia seguinte, Erik pensou que ele parecia um tipo que você provavelmente poderia confiar. Erik estava muito desconfiado dele, e embora ele fosse muito inseguro ele definitivamente queria, ele para ter uma chance que eupoderia, naturalmente, ser uma forma de jogo psicológico que o Promotor ou SAPO Agente McGill estava por trás de alguma forma, e que Erik não pensar claramente, pode-se realmente agarrar apenas agora, quando você acha que soou como se Erik fosse quase maníaco e sofria de perseguição mania. O padre da prisão deixou o sintetizador e esperava que ele se beneficiasse muito dele durante sua detenção e, também disse que voltaria em poucos dias.

Ele toca a campainha para que o guarda abrisse a porta e ele pudesse andar. Quando o guarda chegou, ele perguntou se Erik queria sair por um tempo no quintal. Parecia uma boa proposta,

uma proposta que ele aceitou. O guarda diz que
ele voltará em breve e que ele protegeria o
corredor, o que significava que o guarda fecharia
a escotilha de inspeção de Erik e então se
certificaria de que nenhum outro preso existia,
ou poderia sair para o corredor enquanto ele
estava lá.

Capítulo 18

Erik pode entender se é difícil entender como era para ele emocionalmente, já que ele está isolado há tanto tempo, e sair para um corredor sem pessoas é estranho, quando seu corpo inteiro gritou completamente para ver qualquer homem. Antes do guarda abrir, até Erik, ele podia ouvir na cela, como o guarda se comunicava com seus colegas. Pode soar assim, por exemplo:

A Guarda Central! Eu tenho um preso vermelho, está pronto para que eu possa abrir a porta? Um minuto! Um verde está a caminho do pátio de exercícios. O guarda está esperando por seu colega. Então você ouviu que o preso vermelhopode.sair.

Quando o guarda então abriu aporta, era para mover suas pernas, então, eles iriam bem pelo corredor e, em seguida, entrar em uma forma de porta de bloqueio, e mais acima de uma escadaria. Quando você subiu as escadas havia uma pilha de chinelos de madeira verde, que você usaria quando você saiu para o quintal. Fora dos pátios de exercícios havia lonas verdes que eram para aqueles que tinham restrições e que não viam ninguém além dos guardas.

Lonas que eles puxaram depois que o preso vermelho saiu para o quintal. Você foi tratado como se fosse um animal. A única diferença entre os animais e os presos era que os animais não tinham chinelos verdes.

É muito doentio que vocêesteja, autorizado a lidar com as pessoas de tal forma neste país, e que você está legalmente autorizado a quebrar as pessoas assim, é absolutamente, incrível. As diretrizes para a detenção custody afirmam que eles protegem potenciais pessoas inocentes em, a fim de ser visto sob custódia. Certamente, soa bem quando você vê isso de uma perspectiva mais política. A realidade é diferente.

Erik era geralmente gentilmente tratado pelos guardas, quando eles sabiam que nunca lutaram quando tinham sido presos. O jogo acabou e não havia necessidade de ir atrás deles, pois eles só faziam seu trabalho como todo mundo. Às vezes, aconteceu que ele atropelou, quando ele não se sentia bem para sentar lá trancado.

Erik se lembra especialmente de uma vez, quando era hora do jantar e o carrinho de comida veio rolando no corredor. Ele sabia exatamente onde no corredor o carrinho de comida estava, mesmo estando em sua cela. Ele ouviu nas articulações do chão enquanto as carroças capotavam. No início do dia, Erik pediu ao guarda para deixar a escotilha de inspeção aberta, pois ficou muito presa, e o ar na cela ficou seco. A ventilação não foi grande coisa, e você tem lábios muito secos. Foi um ar tão ruim que o guarda distribuiu a pomada da pele da defesa. Agora era hora do jantar, e também significava que o turno da noite continuou para a noite.

Quando o carrinho chega à cela antes de Erik, o guarda fecha a escotilha de inspeção, e foi a queda que fez o copo transbordar. A agressividade de Erik foi maximada e ele jogou a cadeira de plástico que estava dentro da cela contra a parede. Este acesso de raiva foi mais do que ouvido no corredor. Então o guarda abre a escotilha e diz que Erik deve manter a boca fechada. Foi seu maior erro naquele dia, e Erik deu vários socos no guarda, que teve seu rosto no meio da escotilha de inspeção. O guarda foi levemente cortado quando ele agora percebeu que Erik estava realmente. Levou tempo para ele descer em voltas. Erik estava tão zangado, então ele tremia, e embora fosse apenas um empate, isso só prova que as pessoas não devem ficar tão isoladas quando elas dizem que o mínimo se torna excitante.

Erik tinha atingido a borda da escotilha de inspeção e pressionado o dedo traseiro em seu dedo mindinho através de golpes repetidos. O dedo e o resto da mão já tinham começado a inchar. e o guarda que voltou um pouco mais tarde com uma bandeja de comida, queria olhar para a mão de Erik, quando ele agora viu que não estava certo. Normalmente, Erik não receberia este serviço de comida pessoal, que os guardas entrassem com uma bandeja, mas isso fez este guarda por causa do que aconteceu, e que eles não consideraram apropriado abrir a porta da cela de Erik quando ele teve seu acesso de raiva. Provavelmente foi uma decisão sábia quando você não sabe como poderia ter terminado. O guarda disse imediatamente que achou que a enfermeira deveria verificar o dedo e a mão na manhã seguinte.

Ele queria dar alguns analgésicos ao Erik para poder dormir durante a noite, mas ele não queria isso. De manhã, a enfermeira, que mal entrou na minha cela até que ela disse que isso tinha que ser examinado por um médico. Ela olhou e apertou um pouco suavemente no meu dedo mindinho que era doloroso, mas quando a enfermeira perguntou se doía muito, Erik teve que responder que quase não sentia nada. Provavelmente algo em que ela não acreditava. O médico chegou à tarde para examinar a mão e disse imediatamente que essa mão seria raio-x no hospital imediatamente. Agora pode parecer fácil, mas nunca é popular entre os guardas tirar um detido, no civil quando o risco de fuga é real. À noite, quando Erik estava indo para os raios-X, ele pensou no velho que veio me visitar.

Se realmente poderia ser o caso que o velho disse que o Agente McGill e o Goblin kid eram mãe e filha, então isso é um grande problema.

Pode realmente tanto Big Mama e Agente McGill comprar o mesmo golpe ou teve os dois o mesmo golpe.

Será que mesmo Henke sabia sobre sua transparência na Organização? Ou foi um jogo para o shopping?

O que Erik também reagiu, foi se Bob estava envolvido ou simplesmente não tinha reagido. É difícil fechar os olhos com todos os pensamentos que Erik tinha.

Teve que esperar outro dia quando era fim de tarde. Os guardas deveriam mudar de turno, e não era um ferimento fatal. Assim, Erik teve que ir lá por dois dias, antes que ele pudesse vir a um hospital para exame. Não foi bom, e o médico não estava feliz com este turno, pois ele não sabia se Erik tinha algo quebrado na mão.

Afinal, ele era responsável pelo paciente se houvesse algum dano duradouro comoresultado da defasagem de tempo. Era só para esperar até a manhã seguinte.

No início da manhã seguinte veio um guarda, como de costume, para dizer bom dia e para verificar então Erik estava bem, exceto pela mão. Erik foi informado de que estava indo para o hospital depois do café da manhã, e que ele receberia roupas de treino recém-lavadas antes que eles fossem embora. Então, era para jogar o café da manhã com pressa, e depois mudar. O guarda veio abrir a porta da minha cela, e quando abriu a porta, Erik viu que havia dois guardas. Agora a empatia deles saiu quando eles teriam que colocar em Erik as algemas. Eles pensaram que parecia errado, considerando que sua mão direita estava muito inchada, mas eles não tinham permissão para me levar para sair sem algemas, era tão simples, que eles fizeram o seu melhor para não empurrar tanto. Quando você está algemado! Se alguém que os coloca, certifique-sede trancar as algemas para que eles possam, não se recomponha, mais do que eles estão no real é colocado. Eles fazem isso empurrando em uma vara pequena semelhante, a quase um sprint, mas que é montado nas algemas eles mesmos. Esta é uma segurança para que as algemas não sejam capazes de parar o fluxo sanguíneo real, então uma algema pode ser compactada o máximo possível.

O começa a descer o corredor para pegar o elevador até a garagem da polícia, onde Erik teve que pular na caminhonete Volvo do serviço prisional, que eles usaram para este tipo particular de transporte eusólevei 10 minutos até chegarem ao hospital. Agora estaria estacionado o mais perto possível da entrada. Isso por segurança. Se Erik tivesse a ideia de tentar escapar desses guardas. Erik não tinha um pensamento de escapar, como ele agora tinha que estar fora na comunidade, mesmo que apenas por um curto período de tempo, então ele gostava de golpes completos.

Uma vez dentro do hospital, um dos guardas foi em frente para pagar a taxa do paciente. Havia rotinas claras em tais visitas hospitalares, quando o guarda informa a enfermeira na escotilha que eles eram do Serviço Penitenciário, o que deveria dar-lhes prioridade. O outro guarda teve a gentileísa de colocar Erik contra o lado, então não seria tão visível. Ele até puxou os braços para baixo em sua camisa sobre as algemas para que parecesse menos surpreendente.

De pé e olhando para uma pintura pendurada na parede, você pode fazer por um tempo, mas depois de 15 minutos começa a se sentir extremamente estúpido, não importa o quão bom o pensamento do guarda foi desde o início. Erik estava esperando eles irem ao departamento de Radiologia, para que ele se afastasse dessa arte feia e abstrata que pairava na parede. Agora eles começariam a ir em direção aos raios-X para sentar do lado de fora e esperar que fosse a vez de Erik. O guarda sentou-se em ambos os lados do corredor, cada um pegou um jornal que os ajudaria a passar o tempo. Acontece que ambos estavam muito interessados em caçar. Eles não mostraram a menor forma de tensão ou estresse. O que Erik achou que era bom, pois muitas vezes você pode ter iniciantes que vão mostrar como eles são bons para acompanhar as travessuras. Estes guardas eram tão calmos quanto um humano poderia ser.

quando nos sentamos lá e esperamos, lá vem um velho, com caminhantes mais abaixo do corredor. Ele provavelmente fez 2 milhas por hora, e então foi rápido. Quando ele começou a se aproximar dos bancos fora do raio-X onde eles se sentaram e esperaram, o velho olha para Erik. Erik disse olá, o que ele fez. Quando ele então vê as algemas de Erik, era como se o andarilho fosse subitamente conduzido por óxido nitroso, pois o velho aumentou de 3 km para pelo menos 85 km. Provavelmente ele estava um pouco preocupado quando viu as algemas, ou os freios a disco tinham se soltado completamente no andador. Bem, o suficiente porque parecia um pouco engraçado. Um dos guardas disse ao velho que ele poderia ir com calma, e que não havia perigo, mas o homem continuou em um ritmo rápido.

Agora foi a vez do Erik entrar paratirar raios-X. Um dos guardas passa por toda a sala de raio-X, e depois senta na mesma sala que o pessoal, enquanto a foto foi tirada. O outro estaria do lado de fora da porta de entrada da sala de raio-X. Agora veio o primeiro problema. A algema esquerda não querabrir, mas o guarda fez o possível para que fosse solto. O guarda então perguntou à enfermeira se ela não poderia permanecer em sua mão, pois era sua mão direita que seria raio-x? Absolutamente não. Então, a enfermeira decidiu. Este guarda então teve que ligar para seu colega para ver se eles poderiam resolver o problema juntos. Eles não podiam simplesmente sair de qualquer maneira. Levou pelo menos 5 minutos para tirar a algema. Finalmente, uma enfermeira poderia se apresentar. A enfermeira, por outro lado, parecia um pouco tensa. Ela era certamente muito,agradável, mas de uma forma mais tensa e nervosa. Não é de se admirar. Uma enfermeira sozinha com um bandido cru. Claro que ela estava um pouco preocupada, embora não tivesse nada a esperar dele.

Os raios-X estavam prontos, e era hora de sair e sentar-se novamente no banco para esperar. Levou várias horas para eles saberem. Nada foi quebrado, mas o dedo seria puxado por um médico, então eles tiveram que ir e nos colocar no Pronto Socorro, onde pacientemente tiveram que esperar novamente.

Quando o médico chega, ele diz depois de verificar os raios-X, que ele tentaria puxar o dedo direito de Erik que tinha sido cambaleado pelos golpes repetidos. O médico disse que você pode atordoar, mas não faz muito bem, então uma seringa anestésico se sentebonita, boa em um dedo. Erik decidiu não tomar o anestésico. O médico senta-se em um banquinho giratório na frente dele e agarra por um tempo em torno de seu braço direito e, em seguida, por um tempo em torno de seu dedo.

Agora vai sentir. Disse o médico.

Está tudo bem, está tudo bem. Erik disse. O que, de alguma forma patética, seria muito "homem" no momento. O médico puxou o dedo com um filme. Pode ser tanto que as palavras que saíram da boca de Erik. Doeu terrivelmente, e se ele tinha alguma tinta no rosto, provavelmente estava pálido.

O médico pergunta como se sentiu quando Erik tocou seu dedo, e ele respondeu que se sentia bem. Embora ele tenha sido um pouco tomado pela dor que surgiu quando o médico puxou o dedo para a direita.

Erik se perguntou se eles na Organização queriam incriminá-lo agora que Henke tinha falado com seu irmão, e queria se livrar de Erik, quando ele era uma ameaça para muitos. Talvez seja tão simples se você pensar assim, Erik ponderou. Sim, agora está de volta à cadeia, para mais uma vez ser trancado em sua cela.

Erik agora começou sua terceira semana de confinamento solitário, e ele simplesmente afundou mais para baixo a cada dia que entrou na psique. Era como se seu cérebro parasse de ser ativo e não pudesse sequer ter as poucas impressões que ele pode ficar tão detido com restrições completas. Nem era divertido tocar música. Nada mais era interessante. Os guardas começaram a entender que Erik estava sofrendo de privação de sono e chamou um médico que estava disposto a dar-lhe algo para dormir. O médico prescreveu qualquer comprimido que ajudasse, mas quando o guarda da noite veio dar o comprimido, ele não quis. Ele então convocou um velho e experiente guarda que tinha muita experiência de privação do sono, e que problemas poderiam surgir então. Este guarda era bom, e ele não começou dizendo que Erik levaria o comprimido, mas em vez disso me disse o que poderia acontecer se ele não dormisse por um longo tempo.

Isso não é legal. Quando ele contou como o cérebro passo a passo se desligou, e isso acabou apenas para as reservas. Este guarda pode quebrar um psicólogo em 15 minutos. Ele era muitobom no seu trabalho, tão bom que me fez levar a tábua.

Quando Erik pegou o tablet, o guarda disse que achou bom falar com a brincadeira de Skane county, quando ele tinha ouvido e visto o tipo de travessura através da mídia demassa. Eles conversaram quase uma hora depois que ele tomou o comprimido, mas agora Erik começou a ficar cansado, realmente, cansado.

Erik tinha que dizer ao guarda que ele tinha que sair de sua cela quando ele teve que se deitar e os guardas não queriam acordá-lo porque sabiam que ele estava dormindo mal há algum tempo. Foi quase assim que Erik começou a pensar que esses guardas tinham recebido uma veia humana. Erik não queria tomar comprimidos porque não gostava de ser afetado por muitos produtos químicos, mas aquele comprimido provavelmente era um investimento saudável para sua própria saúde porque ele se sentia muito melhor no dia seguinte. É absolutamenteincrível como a privação do sono pode afetar uma pessoa. Você não pensa na importância do sono, então você pode entender a importância do bom sono. Mas sem ele, você é apenas um vegetal cozido.

Era tão bom que Erik pudesse sentar e tocar um pouco de música no sintetizador, que o padre tinha levado lá. Tempo era pesado. O relógio não se moveu diretamente, e Erik sabia do que se tratava, com a prisão real. Que a promotoria receberia uma confissão dele em um julgamento. Ele podia procurar por isso no azul. Se eletivesse me levado tão longe para opântano psíquico, ele não teria nenhum reconhecimento de mim de qualquer maneira. Pensei que Erik, que tinha que se ocupar com algo, então ele teve tempo de ir. Você poderia trabalhar com a fabricação de clipes de roupas dentro da cela. Era para montar pequenos prendedores de roupas para cabides de roupas que guardavam as roupas das crianças no cabide. O trabalho consistia em adicionar um pedaço de plástico, depois uma mola de aço, e então você iria conter a mola com uma chave de fenda semelhante, colocar outro pedaço de plástico e finalmente liberar a mola. Que o que você tem hafazer umalfinetede roupas.

Para cadaalfinete de roupas que Erik juntou, ele recebeu 3 centavos pagos. Não foi uma grande quantidade, mas ele fez muito pouco tempo para ir, mas também para não quebrar completamente.

Havia também outros trabalhos, como fazer buracos em placas de trânsito com um grande fazador de buracos, onde você tinha que ter um tubo de ferro de metro de comprimento, ao pressionar o invasor do buraco juntos. Erik perguntou se ele poderia fazê-lo em vez disso, mas a guarda central e os guardas não se atreveram a dar-lhe um tubo de ferro de metro de comprimento. Eles o consideravam muito violento para este trabalho. Pena, Erik pensou, como era muito melhor pago por sinal, mas ele entende sua decisão agora em retrospectiva mais do que bem.

Erik começou a perceber, depois de 3 semanas isolado, que ele poderia ficar por um tempo e começou a dizer a si mesmo que ele tinha um longo tempo para esperar atrás das grades. Erik estava agora em sua quarta semana e seu cérebro começou a se acostumar com esta vida. Ele tinha conseguido uma TV em sua cela. Agora o promotor parecia mais humano, até se certificou de movê-lo para a suíte. A suíte é uma cela com banheiro e chuveiro próprios e é usada principalmente para mulheres detidas com crianças pequenas. Mas agora ele melhorou um pouco.

Erik tinha puro luxo com sua própria TV, banheiro e chuveiro. Agora era uma festa! Você poderia jogar Bingo e ver Wanted.

Para uma pessoa comum, certamente soa não tão luxuoso, mas no mundo trancado isso é luxo em um sentido duplo. Foi até então Erik pensou que a cama era mais agradável, embora fosse exatamente, o mesmo modelo. Ele achou que era muitobom tomar um banho, e assistir um pouco de TV, o que ele fez.

Tudo estava muito melhor do que antes. Uma noite, quando ele se senta lá assistindo TV, Erik ouve um estrondo de algo que caiu, dentro do lado da cela dele. Ele não pensou muito nisso no início, mas depois pensou que era ouvido como se alguém, estava rugindo Ajuda, me ajude! No início, Erik pensou que estava ficando intrometido por causa do isolamento, mas

quando ele recusou o som na TV, ele poderia
colocando sua orelha contra a parede de sua
cela contra a cela do vizinho, ouvir um homem
que parecia estar com fortes dores. O primeiro
pensamento foi que ele tentou se enforcar ou
algo assim, mas em uma cela de detenção não
há muito para se enforcar quando eles são
projetados assim, precisamente para que não
fosse possível se matar, embora você soubesse,
você não tinha certeza. Erik esperou alguns
minutos para ver se ele continuava gritando, ou
se a pessoa se acalmava, ele não conseguia
entender por que a pessoa não ligou para a
guarda central se ele estava com dor ou se tinha
se machucado. Depois de cerca de dez minutos
Erik decidiu chamar a guarda central, pois essa
pessoa tinha gritado em intervalos e não parecia
que ele mesmo poderia chamar o guarda.
Quando Erik explicou que a pessoa à direita
dele, aparentemente tem grandes problemas, e
grita por ajuda mais, ou menos o tempo todo. O
guarda central perguntou se Erik teve uma noite
ruim de novo?

Não! Ele está com problemas, mas agora eu
disse a você. Diz Erik.

OKEY. Respondendoele guarda. Eu mando uma
pessoa para verificar, e depois de alguns
minutos posso ouvir um guarda estar a caminho,

com seu carro de dois rodas que você começa com um pé.

Erik ouviu que o guarda não passou pela cela. Inferno, ele pensou. Agora deu errado. Seu lado direito era deixado por Erik quando estava no corredor. Ele só ouviu que o guarda abriu a porta da cela à direita. Não foi muito bem-vindo. Ele fecha a cela para abrir a escotilha de inspeção do Erik para ouvir por que ele ligou e disse que alguém precisava de ajuda? Ele disse ao guarda que era a cela seguinte. Eles provavelmente se sentiram tão estúpidos, como este mal-entendido surgiu. Ele fecha a escotilha de inspeção do Erik para abrir a segunda porta da cela. O guarda encontra um homem deitado na cama que grita de dor. Acontece que ele recebeu um tiro nas costas e não conseguiu sair da cama para chamar o guarda. Ele estava tão feliz que o guarda veio. O guarda disse que foi seu vizinho que alertou a guarda central e pediu que eles viessem à sua cela. Agora foi uma boa jogada no corredor e os paramédicos vieram buscar o cara. O médico considerou necessário levar a pessoa ao hospital.

No dia seguinte, o cara estava de volta e deixou um grande obrigado ao Erik, através do guarda por ter ligado para que ele conseguisse ajuda.

Estranho que você ajudou uma pessoa que você nem tinha visto, mas apenas ouviu, mas foi divertido que ele apreciasse meu pequeno esforço.

Pela manhã, Erik percebeu que a organização jogava em dobro. Tudo o que o velho disse durante a visita, parecia ser verdade.

Henke, com quem Erik foi amigo por tantos anos, o vendeu completamente, e a que custo?

Até o agente McGill o vendeu manipulando Henke, e levando-o a falsa segurança?

O fato de que o Agente McGill e a Big Mama erammãe, e filha tornou-se um fato quando todas as peças do quebra-cabeça entraram no lugar, e Bob era atualmente um Curinga.

Mas uma coisa era 100% certa, e essa era a vingança que todos os envolvidos agora enfrentavam. Agora não havia mais dúvida. Erik queria que fosse uma vingança dolorosa. Erik se tornou uma pessoa má e diabólica. Por que não parei esse desenvolvimento? Ele pensou.

Erik nem conseguia pensar. Eles tinham que morrer! Erik pensou, a fim de não sentir esses sentimentos dolorosos que ele agora completamente banhado dentro Erik sabe que em várias ocasiões, realmente ponderou antes de escrever, que sua mensagem para a Organização era clara, e que eles saberiam que em breve Erik estará lá e isso impiedosamente.

Era como se o cérebro escrevesse as mesmas coisas o tempo todo, mas com frases diferentes muito estranhas de fato.

Sim! Lá estavam eles na véspera de Natal. O que eu poderia fazer sobre isso? Nada. Pensei que Erik.

Os guardas trouxeram comida Christmas, um pouco mais tarde à tarde. Era uma ceia de Natal que poucos suecos podem pagar, quatro vagões inteiros cheios de comida, e Erik nunca viu tanta comida de Natal ao mesmo tempo.

Ele podia garantir que não havia nenhum tipo de comida de Natal que não estava nestes vagões. Quando os guardas abriram a porta da cela do Erik, e ele viu essas carroças, ele ficou realmente espantado. Erik pegou dois pratos grandes, e encheu de comida, então ele só teve que tomar uma vez. Seria tolice não tirar toda essa comida boa.

Erik poderia facilmente dizer que a refeição em si foi o ponto alto desta noite de Natal.

A perda de Erik foi excruciante, a sensação de sentar lá na véspera de Natal, ele nem queria expor seu pior inimigo. Ninguém vale a pena ter esse sentimento. Muitas pessoas pensam que Erik se colocou nesta situação ele mesmo, que ele pode entender, mas não importa como você vira a cobertura, ele se senta atrás, e você sente mais pena de si mesmo.

Erik sabia que todos os feriados de Natal estão terminando, e os dias do meio estão chegando, mas parecia que não importava, se era Natal, meiodia, ou qualquer outro dia de feriado. Era tão sombrio na cela para isso, Erik tinha uma psique que era quase neutra para tudo e todos. Ele sobreviveria sozinho e vingaria todos os envolvidos.

Agora, neste Natal, e todos os fins de semana tinham passado, e finalmente era hora da negociação principal.

Depois de cinco semanas de confinamento solitário, agora era hora do julgamento. Erik começou a se etiquetar novamente quando sentiu que sairia dessas paredes. Embora ele estivesse indo a um julgamento, pareceu bom, talvez porque ele viu que haveria algumtipo de julgamento e decisões sobre seu futuro imediato. Havia três agentes penitenciários para pegar Erik. Sim, eles não confiavam nele, e eles mostraram claramente que com o número de acompanhantes dos guardas para o julgamento.

Então, foi só colocar as algemas e ir ao julgamento. Os queixosos não foram vistos. Eles sentaram-se em uma sala adjacente e não saíram até o julgamento começar. Erik aparentemente tinha colocado tal terror nessas pessoas, então eles não queriam confrontá-lo mais do que o necessário.

O tribunal perguntou se Erik era o acusado, o que foi certificado por seu advogado.

Então o promotor começou a explicar que crimes ele pensou que Erik tinha feito. O tribunal então pergunta-lhe como ele abordou essas alegações que o promotor recentemente esboçou?

O advogado de Erik respondeu que seu cliente negou qualquer irregularidade em todas as acusações.

O tribunal recorre ao Ministério Público, para pedir que ele prove isso por provas técnicas, bem como pelas próprias declarações dos autores.

O promotor então traz o taco de beisebol de Erik, como parte das provas técnicas, e diz que o suspeito ameaçou pessoas com este taco de beisebol, bem como esmagando as rótulas do autor, o que o Promotor corrobora com uma das próprias histórias dos queixosos.

O advogado de Erik diz que não há testemunhas, ou outras evidências para provar a históriadopromotor, então faz um comentário de que este queixoso já havia descrito o taco de beisebol do suspeito em grande detalhe durante a primeira denúncia, o tribunal então pergunta a Erik sobre como ele pretendia explicar a descrição detalhada do queixoso de seu taco de beisebol bat.

Erik respondeu ao tribunal que ele poderia ter visto o taco de beisebol enquanto passava por seu carro, que estava comprovadamente abaixo de seu apartamento. Então. Erik disse, você não pode, não prender as pessoas porque você está segurando um taco de beisebol. Então o Estado terá que prender todos os times de beisebol deste país.

Esses comentários causaram leve irritação ao Tribunal.

O tribunal está agora perguntando ao Promotor se ele tinha uma base mais factual para esta acusação. O promotor então disse que havia recebido recentemente este caso de outro Promotor e, portanto, nenhuma evidência havia surgido durante a investigação preliminar.

Agora, o tribunal estava, para dizer o mínimo, irritado com o Promotor que processou por motivos tão vagos, e além de tudo, teve o suspeito detido por um longo tempo.

Capítulo 19

O tribunal argumentou um pouco, e chegou a rejeitar toda a acusação, já que não havia ninguém como evidência inteiramente técnica, mas também que olhando para ele por motivos objetivos não poderia condenar Erik, e assim desistir da acusação em todos os pontos. O tribunal informou Erik que ele tem direito a indenização pelo tempo em que foi detido.

Erik disse que não queria nenhuma compensação. O que provavelmente surpreendeu um pouco o tribunal, mas não se deve escancarar uma peça muito grande, pensou Erik. Agora o tribunal estava vazio em poucos minutos, e Erik teve que voltar para a cadeia para pegar suas roupas e outros pertences que ele teve que desistir no centro de detenção.

Quando eles voltaram para a cadeia, ele teve que limpar a cela um pouco, e ele também aproveitou para tomar um banho antes de sair da cadeia, mas quando eu voltei para a cela, o guarda disse que eles tinham que me prender, então as regras eram assim. Foi provavelmente a única vez que Erik poderiadizer que estava tudo bem que eles trancaram, quando ele sabia que ele logo estaria fora deste inferno. Finalmente, eles estavam em liberdade novamente.

Agora... Erik estava livre, e a ideia de vingança só ficou mais forte a cada minuto.

Todos na Organização tinham um entre a audiência em todo o julgamento, e provavelmente a pessoa tinha informado Henke e outros que Erik estava à solta novamente.

A sensação que Erik tinha era maravilhosa, e onde a maioria das pessoas certamente sentia estar no campo de jogo errado, quando Erik realmente queria fazer o processo curto, porque agora ele iria explodir. Henke sabia que Erik não seria divertido para ser incluído, então ele tentou fazer as coisas o mais leves possível.

Henke pensou que ele tinha um ás na manga onde o agente McGill, e seus contatos dentro da SAPO, poderiam ser úteis nesta situação, embora ela não tivesse tido uma reunião decisiva com ambos, então Henke sentiu que poderia ser útil that Erik foi livre sentiu absolutamente maravilhoso now talvez Erik poderia imaginar que ele tinha tido o suficiente deste pântano criminoso, Não esse sentimento não veio.

Erik pegou o trem para casa, porque ele não queria seu carrono momento em que ele pensou que era difícil sentar nele. Ele estava determinado a ir para casa em seu apartamento, e uma vez lá ele se jogou no sofá e começou a pensar sobre como ele poderia fazer coisas mais inteligentes, e que lhes deu dólares realmente grandes, agora que ele tinha sido dado um nome, não havia a menor dúvida sobre isso, mas que reputação e nome que tinha sido dado então. Faria qualquer pessoa ter medo do escuro, mas Erik não tinha problemas com rumores nesta ocasião, era sua marca na época, e um pré-requisito para ser capaz de sobreviver.

Erik queria fazer todas as coisas de uma vez para se vingar. Ele sabia que esta vingança era uma vingança, que vai matar muitas pessoas. Ele respirou fundo e fechou os olhos por alguns segundos. Quando Erik olhou para cima novamente, ele percebeu que o jogo poderia começar, porque agora eram apenas pensamentos cruéis que ele tinha.

Para começar, ele tiraria todos os servidores. Erik tinha muitos pensamentos sobre o crime econômico, quecorretamente planejado poderia dar um retorno gigantesco como é tão bem chamado. Ele tinha muito conhecimento na administração de empresas. Um conhecimento que dificilmente poderia trazer um melhor sucesso nos corredores das grandes empresas. Erik decidiu colocar coisas importantes como relatórios financeiros, mensais, trimestrais, 6 meses e mais, ele ficou completamente obcecado com esse conhecimento econômico, realmente o interessou profundamente e não tinha livros sobre este assuntoem particular, então ele encomendou livros, mas também leu muito pela internet, pois isso poderia dar uma visão mais ampla de como este mundo financeiro funcionava minuciosamente.

Agora, Big Mama tinha estado em seu lugar, mas ele não sabia 100 por cento onde ela estava e esperou por seu conhecimento, muito menos se eles eram mãe e filha McGill? Então, não era apropriado verificar agora. Então, Erik continuou sozinho, até que ele soube.

Erik começou sua vingança derrubando servidores que eram importantes para a Organização e que os paralisavam. Não demorou muito para a Organização reagir a alguém que estava dentro do sistema, então eles claramente chamaram Jim OneBone, que tinha muita experiência.

Henke queria limpar todo o sistema, e seria depurado se alguém estivesse lá dentro agora. Jim OneBone fez, solução de problemas de acordo com todas as regras da arte, e disse Henke que ninguém estava lá.

Henke sabia que Erik estava na liderança, mas como ele provaria isso? Sim, Henke disse, será difícil, se não impossível enquadrar um fantasma que não existe. Não, vocêestá certo. Jim OneBone disse. Henke falou em profundidade com Bob sobre como Erik poderia ser parado, mas Henke sabia ao mesmotempo que seria difícil. Bob é uma pessoa quieta que não fala muito se não tem nada a dizer, fase que teve desta vez.

Tem algo a dizer, Bob? Henke seperguntou.

De repente, ele começou a dizer mais de duas palavras, caso contrário ele não fez em uma semana.

O que você quer dizer, Bob? Henke disse.

Agora toda a Organização vai reunir força, então agora provavelmente a maioria das coisas vai fumar, e se vocês são todos tão estúpidos que você deliberadamente vai atrás de uma pessoa que a própria Organização treinou por muitos anos, você terá que se culpar. Diz Bob com um tom definido.

Como assim, Bob? Henke disse.

Henke, vocêé o chefe da Organização, então você deve saber que você vai ficar um inferno quando essa pessoa vempara golpes. Que você não vê, você treinou a pessoa em que você pulou, e que você espera conquistar essa pessoa, você está chapado ou?! Bob disse.

Não, nósnão estamos drogados! Henke contou ao Bob. Agora eu quero que você ouça. Eu meafastei dos meus princípios que não deveriam ser uma solução, mas falei com a Agente McGill e espero que ela possa ajudar a colocar Erik de forma inteligente.

Você é um alto! Bob contou ao Henke.

O problema, Henke disse, já falei com o Agente McGill, e disse que sabia quem matou o irmão, mas não o nome.

A ideia é que o Agente McGill tem infinitas conexões no sistema de justiça.

Agora eusó vou dar-lhe um empurrãozinho que foi Erik que assassinou seu irmão Carl, e então o agente vai prender Erik.

Henke, éum rato! Disse Muscle mountain, que não parecia exatamente tão inteligente... mas tão inteligente que alguma pessoa estava se tornando um guincho.

Claro, eu sairia, uma dica anônima ao Agente McGill. Henke disse.

Bob disse. O risco é que isso não aconteça. Erik é uma pessoa inteligente, e que ele iria para uma armadilha, parece extremamente estranho. Erik tem sido tão minucioso, então por que ele, de todas as pessoas, compraria essa armadilha?

Jim OneBone estava procurando trabalho contínuo o tempo todo, e Henke parecia um pouco cinza, mas o jogo tinha começado. Erik só queria estressar Henke um pouco, mas no momento optou por não nocautear o servidor. Henke disse a todas as pessoas na sala que elas seriam observadoras.

Henke falou com Bob que Erik estava agora à solta.

Enquanto isso, Erik leu em várias ocasiões, a fim de encontrar todas as possíveis brechas na lei, e agora estava em uma parte do crime onde ele tornaria ilegal, bastante legal, e com as leis existentes realizar os crimes sem que as autoridades pudessem intervir com quaisquer medidas coercitivas. Como ele nos disse anteriormente, não há crime perfeito, e nunca será. Há certamente muitos daqueles que foram expostos a Erik que certamente alegarão que o crime perfeito existe. Mas a questão é? Como você define o crime perfeito?

Muitos certamente descreveriam dizendo que fizeram, por exemplo, um roubo, venderam os itens, guardaram o dinheiro do roubo, sem ir a alguém particular. Economicamente, pode-se dizer que foi um crime perfeito, mas Erik não compartilha tal raciocínio, pois ele acredita que se algo é perfeito, não deve afetar qualquer pessoa. Nem financeiramente, psicologicamente nem fisicamente. Tal crime não existe.

Fazer um crime com ganho financeiro não é um problema, mas que a lei pode pegá-lo. Uma autoridade que conhece essa possibilidade é o Ministério Público, mas também a Autoridade Policial. Ambasas autoridades têm, para ficar frustradas, e assistir os crimes mais, ou menos acontecer, sem poder intervir, porque os bandidos conhecem e conhecem o livro de estatutos. Usando esse conhecimento, cria-se uma camada intermediária, com a sociedade de um lado e os bandidos do outro.

Porque Erik não cruza a linha que prova que um crime foi cometido, mas sim equilibra na linha da lei que compõe a diferença entre um crime, ou algo legal.

Então vem a palavra crime em uma nova luz. O promotor deve mais uma vez provar que um crime foi cometido. Mas como esse promotor vai fazer isso? O Ministério Público pode, não,

não provarisso. Muitos que lêem essas linhas
podem pensar que esta é uma descrição casual
de como é fácil iludir nossa sociedade jurídica,
mas não é sobre isso.

Erik agora quer que a sociedade introduza maior
flexibilidade em sua aplicação da lei. Sempre vai
ser preciso um bandido para pegar outro
bandido. Porque se você olhar para as
estatísticas de liberação do estado sobre vários
crimes, e realmente olhar atentamente para
eles, a maioria das pessoas comuns vai ficar um
choque. São os crimes menores que são
esclarecidos, e que o Estado não lida com o
crime organizado é um fato, e quando você lê
seus estatísticos eles mostram que a lei
funciona, e que a maioria dos bandidos vão atrás
das grades if sociedade foram para pegar o
realgrande bandido, caras eles teriam que
começar a trabalhar com ex-bandidos em vez de
colocar uma chave inglesa nas obras. Velhos
bandidos não são permitidos na sociedade por
causa de suas mochilas, e isso não é devido à
escassez de habilidades, mas pelo contrário, Erik
diria. Pois se um velho bandido entra em uma
empresa, o risco é extremamente alto que as
habilidades deste ônibus passem pelo
funcionário habitual. Há pedidos por mais

promotores, e o primeiro-ministro está adicionando mais dinheiro a um sistema já disfuncional, enquanto o Ministério Público está expandindo sua cooperação em um nível mais internacional ea comunidade jurídica não está ciente de que elesestão realmente com essas medidas apenas jogando o dinheiro no lago? O que é tão difícil de entender? Pensei que Erik.

Promotoria, abra as janelas do escritório, dobre o pescoço e olhe para o chão. No chão estão os antigos malfeitores, que tem a solução para a aplicação da lei. Erik está convencido de que muitos crimes poderiam ser resolvidos, se criminosos antigos tivessem a chance de provar seus negócios, de forma legal, e através de tal cooperação, uma sociedade de menos crime e aplicação da lei eficaz logo teria sido alcançada.

Com um ninho protegido, uma comunicação não pode ocorrer quando a solução está na rua e os tomadores de decisão estão sentados no corredor do sanduíche de camarão. Seria muito melhor se os políticos com poder de decisão pudessem encontrar uma espécie de plataforma neutra, onde eles, sob a liderança das autoridades, pudessem montar uma equipe, construída sobre policiais experientes, e ex-bandidos que sabem como contornar a lei.

Já vi muito dessa sociedade corrupta. Erik disse para ficar de boca fechada por mais tempo.

Muitas vezes as pessoas dizem quetêm, para dizer a eles que recebe alguém, sobre um evento onde algo terrível aconteceu. O problema é que só alguém, são os mais corruptos da sociedade, com muito poder e grande influência. Então a quem você diz? Sobre um evento assim?

Se brincássemos um pouco com a ideia, e que o Estado teria uma aplicação da lei mais eficaz. Erik pensa. Isso levaria a um nível extremamente alto de desemprego no Serviço Penitenciário, por exemplo. Porque como está estruturado hoje, pode ser comparado a um lixão, onde você aproveita tudo que pode ser reciclado. É exatamente assim queo sistema correcional funciona hoje. Erik começou a entender a importância de todos esses relatórios financeiros que seriam uma parte importante de um possível crime ecológico e ser capaz de ler os relatórios provisórios de uma grande empresa pode ser descrito como a leitura de uma conta de luz. Pode ser feito, mas não é fácil, ele diria, mas como no mundo real do trabalho, você trabalha seu caminho para cima, assim no mundo do crime também.

Erik senta e pensa em como tudo começou, com crimes simples, e depois avança para cima. Ele fica pensando em quando ele estava mais dentro de seu mundo financeiro e criminoso, quando começou a emergir pessoas relacionadas com Mc. Ele teve contatos relacionados com mc no passado, mas não deste calibre, que através de sua rede de contatos tinha chamado a atenção para o trabalho criminoso de Erik, que tinha dado bons resultados. Erik inicialmente conheceu um grande homem muscle termos, chamado Lasse. Erik pensou nos que ele tinha feito anteriormente trabalho, quando a loja de carne foi feito, mas esta era aparentemente uma clientela diferente, com Harley Davidson como a estrela guia.

O que, ou com quem eu me juntaria? A primeira ideia era que o dólar tinha que governar, mas era um na queeupensava, pois isso não era uma opção. Hm!? O que devo responder? Então ele perguntou a Lasse se ele poderia ser freelancer, como ele fez antes, mas ele não podia responder a isso. Ele só foi incumbido de saber se uma reunião era possível, e se havia interesse nisso. Erik lembra que seu primeiro pensamento espontâneo não foi realizar uma reunião, mas foi o suficiente que ele piscou uma vez, e viu esse grande sinal de dólar quando suas

pálpebras estavam para baixo por um
milissegundo.

Claro, ele queria conhecer este membro que
pertencia à elite do submundo, e que tinha uma
rede de contatos que se estengiam em grande
parte do mundo. Erik pensa em quando eles se
sentam na cozinha de Lasse e encontram Jonte
pela primeira vez. Quando entraram em
seuapartamento, tomaram um café e
conversaram sobre uma merda esperando jonte
vir mal pode acreditar que Erik teve tempo de
levantar a xícara de café antes de ouvir a porta
da frente de Lasse abrir Erik estava tenso como
uma pena, levemente disse.

Erik ouviu alguém gritando, ei, fora do corredor,
e Lasse respondeu Hallo! Agora havia pressão no
cérebro do Erik. Era como se todas as células
cerebrais da cabeça dele não tivessem cume, e
isso ocorreu entre os cérebros grandes e
pequenos. Parecia uma forma mais branda de
falta de oxigênio no cérebro. Agora estava
ficando lotado na cozinha.

Este Jonte estava agora na sala onde Lasse e eu
estávamos tomando café. Ele só estava usando
uma jaqueta normal e não um colete! O que é
isto? Pensei que Erik. Então esta jaqueta
destruiu toda a sua imagem deste membro,
então Erik esperava que ele teria um colete. Erik

não conseguia ficar de boca fechada, mas tinha que perguntar por que ele não estava de colete?

Jonte apenas ri, e diz que ele tem seu colete debaixo da jaqueta, que ele agora tira para mostrar de onde ele veio. Parecia que alguém tinha atropelado uma bomba de vácuo nos pulmões de Erik e sugado todo o ar, e ele não podia fazer um som. A apenas um metro de mim está um membro completo!? Pensei que Erik. A sensação que ele sentiu talvez poderia ser descrita como quando um negociante de arte encontra a obra de arte escondida de um artista famoso e agora está na frente deste objeto.

A razão pela qual ele não tinha o colete visível era porque ele não queria chamar a atenção, mas também porque ele veio de carro em vez de com sua moto.

Havia uma regra, que dizia que eles só poderiam ter seus coletes, se dirigissem uma moto, e se fossem pegos por outro membro dirigindo com um carro e o colete, ou foram para a cidade com o colete, eles deviam ao fundo do clube 5000 SEK em multas. Essa era uma forma de o clube tornar os sócios menos visíveis, já que ninguém queria pagar essas multas.

Jonte diz que eles seguiram o último trabalho de Erik, e que eles ficaram muitoimpressionados com o quão inteligentes esses crimes tinham sido feitos, sem serem pegos.

Erik tinha recebido uma marca que ele agora descobriu. Todos falaram que ouviram sobre o crime de Erik, disseram que ele como pessoa tinha a capacidade de atacar, desaparecer e nunca mais ser visto.

Sim! Talvez sejaassim. Eu respondi jonte.

Você é impressionante. Jonte disse. O clube quer convidá-lo para discutir alguns negócios, onde você pode ganhar dinheiro sério com coisas simples.

Erik provavelmente respondeu sim graças a esse convite antes de Jonte sequer colocar a pergunta pronta. Então havia muito sobre tudo e tudo. Antes de Jonte sair, ele disse que estava ansioso para vê-lo no clube em alguns dias.

Pode contar com isso. Erik respondeu. Jonte vai e depois vai embora com o carro. Lasse já começou a apontar que Erik não iria para a Organização se não tivesse certeza de que lidaria com a pressão quando não houvesse volta. Uma vez dentro, nunca sai.

Erik sabia que não poderia recuar quando chegou à organização, e ainda assim ele não hesitou por um segundo, embora soubesse que uma deserção seria acompanhada por um enterro seguro. Erik tinha feito isso para a chamada elite, e era algo que ele tinha lutado durante todo o seu tempo criminoso. Agora que ele tem um pé nesta organização, ele realmente queria mostrar seus pés em todos os níveis. Acontece que eles testariam um em níveis diferentes, que habilidades eles tinham. Erik era um nerd de computador, então ele pensou que isso seria difícil. A única coisa que estava fora do seu mundo da computação eram as artes marciais que ele treinou por muitos anos, mas rapidamente pareceria um pouco fino.

Erik estava agora no portão do pátio do clube, que estava trancado com uma grossa corrente de ferro e um cadeado, e na frente do portão havia um cabo elétrico semelhante lay grosso. Não era um táxi elétricoe era um cabo que dava um sinal na sede do clube que alguém queria passar, similar a um cabo usado pela Administração Rodoviária para contar o número de carros atravessando um determinado trecho da estrada. Quando Erik está lá esperando alguém vir e abrir, um ônibus da polícia passa por trás de seu carro, na estrada mais para trás. Eles param o ônibus, e Erik pensou que agora acabou. Assim que ele começa a se perguntar se ele entraria novamente atrás das grades, Jonte vem e abre o portão.

Ele estáacenando Erik, pode dirigir dentro Quando ele sai do carro, Jonte aparece e cumprimenta tomando a mão. Então todos que estavam dentro da Organização saem para cumprimentar o mesmo. Erik se sentiu muito bem-vindo como todos forammuito, bom para ele. Depois que eles cumprimentaram, os membros se separaram. Jonte agora queria que eles entrassem na sede do clube para que Erik pudesse ver o interior do clube. Era tão limpo e sem poeira para que você pudesse lamber o chão com a língua. Tudo estava limpo.

Era como olhar diretamente para a empresa do sistema, com todos os tipos de espíritos disponíveis. Uma coleção incrível. O bar era feito de carvalho, e com um top de mármore que erarealmente, bom. As barras não eram produtos IKEA, mas eram feitas de aço inoxidável.

Jonte pergunta o que Erik achou da sede do clube, e ele só podia dizer como era.

Então Erik se encontraria com outros membros que vieram gradualmente, enquanto ele e Jonte conversavam. Tudo era militaredisciplinado, e todos tinham um papel a cumprir. Se as autoridades suecas tivessem metade dessa disciplina, teriam tido uma sociedade completamente diferente. Uma sociedade de ordem.

Havia muitas novas impressões de que Erik aceitaria, e ele ficou muito impressionado com o quão cuidadosamente tudo foi colocado eperguntou a Jonte quem era o presidente ele me disse que não poderia me dizer quando havia tempo de guerra com outra gangue. O presidente deles era muito reservado sobre eles, pois essa informação poderia causar grandes danos à sua organização local. Então, acreditar que alguém saberia quem era seu presidente, mesmo após a primeira visita, foi um pouco naque eu pensei por Erik.

Jonte queria que ele voltasse o mais rápido possível, e Erik entendeu que eles tinham seu nome no papel de parede muito antes de ele visitar esta Organização, mas qual era o seu propósito básico, ele não sabia. Pelo menos se aplicaria aos negócios, tanto que ele sabia desde a reunião em Lars. Mas que negócio, eu não fui claro sobre.

No dia seguinte, Erik ligou para Jonte para ver se ele viria à Organização. Ele achou que era uma boa sugestão e dirigiu muito, rapidamente depois que terminaram a conversa. Uma vez na Organização, Jonte queria que eles falassem sobre o que estava acontecendo e fizessem algumtipo de acordo sobre como trabalhar. Eles não deixaram nada ao acaso, o que se adequava perfeitamente a Erik, pois ele próprio era uma pessoa que odiava se algo der errado ou fosse mal planejado.

Erik tem um celular e um visor, que ele sempre teria com ele, estes seriam tanto no dia quanto na noite, o que criou um estresse interno, Erik pensou, quando ele estava acostumado a controlar seu dia ele mesmo, mas agora era monitorado, por celular e visor 24 horas por dia.

Por que então você quer pertencer a tal organização, pode-se perguntar? Porque envolve apenas muita violência e outras ilegalidades. Para Erik, pessoalmente, a palavra chave era dólares, que ele era completamente louco, mas também o grande apoio que ele então tinha atrás dele. Foram apenas 6 meses de inferno, onde você faria coisas que Erikpode, sem mencionar neste livro. Uma vez que o risco seria diretamente iminente que o Ministério Público recebeu duas noites de Natal no mesmo ano, e Erik não quer dá-los, já que ele agora começou uma nova vida.

Um deles seria rasgado, treinadoe retestado o quão grande era a lealdade aos membros e à Organização. Foi uma lavagem cerebral, mas você pegou, por causa do que estava por vir. (Foi pensado). Era possível alugar um quartel na sede do clube. Uma pequena caixa, ele diria, de apenas 7 a 8 m². Ele estava disponível para uso e o custo era 700 SEK que era pago diretamente à Organização.

Muitas novas regras seriam aprendidas, e apenas membros plenos foramautorizados a participar de reuniões do clube, os membros do teste não foram bem-vindos. Erik queria saber o que foi discutido lá, mas era tranquilo como o muro, sobre o que foi dito nas reuniões. Erik lutou e fez sua parte, durante este treinamento duro, tanto física quanto mentalmente. Era sobre se você poderia lidar com a pressão ou ficar totalmente quebrado. Como havia muita coisa que queria pertencer à Organização, o clube teve que ser mais duro no real "aparafusando" sobre quem tinha potencial para lidar com esse treinamento doentio.

Esse aparato foi extremo neste clube e comparou com o clube com o que a Organização estava em guerra, havia grandes diferenças. Seus rivais tinham uma estratégia diferente em relação ao alistamento de novos membros, onde era muito rápido entrar nessa organização se você conhecesse as pessoas certas, mas lá eles também têm uma mentalidade sobre seus membros que pode ser descrita como diretamente instável levemente dita. Não foi coincidência que um de seus membros, em recuperação, colocasse uma boca de arma na cabeça de uma criança. A organização deles mesmo limpou esse membro, mas isso prova que eles trouxeram qualquer coisa para as pessoas da outra organização com os contatos certos. O que levou cinco anos na Organização Erik foi em, às vezes, levou apenas um ano com o outro, o que cria uma pessoa pressionada com ansiedade de desempenho quando no início de sua carreira eles tinham que mostrar seus pés, tendo sucesso em seus trabalhos como CÃES (cobradores de dívidas, escória), mas também como o chamado burro de pacote (traficantes de drogas) onde ninguém queria falhar. Voltar ao clube como um burro de pacote, onde você perdeu o pacote, poderia criar consequências devastadoras para essa pessoa, que em tal situação se torna desesperada. Tão desesperados que colocaram uma boca de arma na mente de uma criança. Totalmente insanamente leve.

Não que a Organização Erik fosse um cordeiro piedoso, mas expor crianças ou mulheres a algo assim nunca aconteceria. Foi uma lei não escrita que, sob nenhuma circunstância, você chegou a submê-los a algo assim, ou mesmo esbofeteálos. Você cuidaria desua família com reverência. Naquela época, havia problemas em uma família, o clube envolvido na família. Mentir no treinamento enquanto tinha uma família, estava diretamente ligado a problemas familiares.

O clube não aceitou nenhum abuso ou algo parecido em uma família. Isso foi resolvido assim que chegou ao clube. Durante acondicional, eles receberam treinamento de armas, treinamento em vários explosivos. Pode-se aprender quais armas usar em momentos diferentes, ou que tipo de munição era mais adequada para um ataque. Ao aprender sobre explosivos, grande parte deles era sobre como atingir o explosivo para que você tenha o efeito que estava procurando. Você tem treinamento em combate próximo com diferentes armas, como facas, juntas com pequenas lâminas de faca soldadas e como e onde envolver essas pequenas lâminas de faca em diferentes lugares no corpo do oponente sem morrer sobre eles.

Havia um membro da Organização que tinha três anos no exército, onde ele tinha sido autorizado a participar do treinamento de soldados extenuantes durante esses cinco anos. Este membro, GammelMan, foi agora incumbido de educá-los, no que se poderia chamar de arte marcial. Onde eles aprenderiam mais sobre armas, explosivos e corpo a corpo. Ele até apresentou um cara estrangeiro em algumas ocasiões durante o treinamento real. Isso surpreendeu Erik muito rapidamente, mas sua presença explicou muito rapidamente quando esse cara, já com 24 anos, foi aposentado devido a doenças mentais que surgiram durante o tempo em que esteve envolvido na guerra, entre o Irã e o Iraque. Esse cara tinha que carregar os corpos de seus compatriotas, e às vezes apenas partes do outro lado da fronteira, para que eles voltassem para casa. Que ele era mentalmente instável, havia pouco para hesitar. Ele tinha os. A maioria das pessoas tinha grande respeito por ele, quando uma vida para esse cara não valia nada, e olhar a morte na cara era comum para ele.

Foi muitoassustador estar tão perto de tal pessoa. Essa pessoa tinha um nome estranho, que ele não se lembra hoje, mas não importa. Pelo menos era essa pessoa que os treinaria em guerra psicológica, e como aprender a desligar depois que o trabalho foi feito. Seria simplesmente aprender a apagar os sentimentos desagradáveis que você poderia ter em certos empregos.

Erik agora pode nos dizer que absolutamente não funcionou. Ele foi ensinado a reprimir as coisas, ou mesmo a mudar suas emoções. Nada que Erik recomendou a qualquer alma viva, como ela volta, tão certo quanto Amém na Igreja. Uma vez que ele volta, étudo menos divertido. Para voltar ao tópico anterior.

GammelMan começou a explicar as diferentes granadas de mão e em que momentos eles foram usados eut foi muito interessante que o treinamento, GammelMan então tira uma granada de mão chamada Distraction Hand Granada, que pode ser usada no ataque se você quiser chocar aqueles que você surpreenderia. Quando tal granada explode, torna-se um brilho extremo com um estrondo extremamente alto. Estamos falando de um nível sonoro de mais de 150 decibéis, e uma luz que congela completamente o mundo exterior por alguns segundos. Porque essa luz é tão brilhante, todas, das fotocélulas de uma pessoa no olho são ativadas, o que por sua vez cria uma imagem congelada do mundo exterior. Você poderia compará-lo com sentar e assistir TV, e, em seguida, pressionar o botão de pausa. É durante aqueles segundos congelados que a polícia ataca.

GammelMan nos ensinaria como otimizar a ação explosiva através de vários métodos comprovados. Ele fez isso mostrando como funcionava uma carga de buraco, e através dessa carga de buraco criou o que era um explosivo direcionado. Foi muito decisivo em resultados, dependendo de como a direção foi feita. Eles tiveram que aprender sobre um monte de explosivos. Pentyl, foi um dos assuntos que eles aprenderam. É um pó branco, usado em granadas de mão e em muitos outros explosivos. Houve tanta discussão sobre esse Pentyl, que acabou se tornando uma piada de pé entre os da Organização.

Uma pessoa poderia perguntar se havia Albyl? Não, mas pentyl existe. Erik pensou que eram piadas doentias.

A doutrina da estrutura da granada de mão foi completamente delineada. Tudo, desde os vários gatilhos mecânicos, fusíveis químicos, até que tipo de estilhaços a granada consistia. Você tinha que aprender o efeito explosivo que o sujeito teve.

Erik contava volume, energias que eram liberadas em um estrondo, e era sobre explosivos como C4, onde a explosão, ou quão rápido a pressão do ar se movia por segundo e metro. Muitos dizem que explodiu, mas poucos sabem o que é uma explosão. Quando uma explosão ocorre, há uma enorme quantidade de energias liberadas. Se uma carga do c4 explodir, significaria que a massa de ar e a pressão das energias liberadas se moveriam a uma velocidade de 8.400 M/s (Medidor por segundo), então talvez a pessoa que lê essas linhas entenda o quão poderosa é a explosão de que Erik está falando. Muitas vezes, é difícil descrever em palavras o quão poderosa franja se tornou.

Uma comparação que você pode fazer, é se você pensar em um carro de guindaste regular quelevanta, até diferentes materiais de construção, dirigindo o próprio braço do guindaste. Quando um braço de guindaste é ejetado, é feito com uma pressão equivalente a 60 a 70 kg. Compare essa pressão com uma espingarda que dispara uma espingarda normal, onde a pressão sobre o granizo emanando é de cerca de 600 kg. Então talvez você entendamelhor.

GammelMan terminou o dia dizendo que amanhã veriam uma das armas mais perigosas do mundo, que não pôde ser revelada. Erik pensou como um louco sobre que arma poderia ser. Havia tantas armas perigosas no mercado, mas uma arma que não podia ser revelada tornou muito mais difícil adivinhar.

Havia muito a ser aprendido, ao mesmo tempo
em que Erik tentou que eles tivessem momentos
livres para estudar administração de empresas
para que ele pudesse fazer os sofisticados
crimes ecológicos mais tarde, em diante.

Agora Henke realmente parecia cinza, e o
chamado mioma não era mais tão duro. Henke
percebeu que GammelMan treinou Erik... Mas a
questão é o quê. Porque soa mais como uma
máquina do que um humano. Henke disse. Sim,
diz a montanha muscular. Parece que eles
estariam em, a fim de falar com GammelMan,
porque o dano pode ser extenso. Henke
escolheu ler mais sobre o treinamento, que
GammelMan treinou esses psicopatas por
menos de 5 anos.

Capítulo 20

GammelMan começou a treinar por volta do meio-dia do dia seguinte. Erik estava animado com a expectativa desta arma perigosa. Ele produz um jornal diário regular, everyone se perguntou se era uma piada. Ele agora pega o jornal para confirmar que o jornal que ele tinha na mão era uma das armas mais perigosas do mundo. A primeira coisa que Erik pensou foi se esse velho tinha fumado grama ruim, grama muitoruim? Também não foiem 1º de abril. O que é que ele quer dizer? Erik pensou. Alguém gritou e perguntou se era isso que ele tinha aprendido na Legião Estrangeira, para ler o jornal? Um comentário que fez todo mundo rir. GammelMan começou a explicar o que ele quis dizer com esta afirmação, depois que o riso tinha diminuído, explicando que se você enrolar um jornal com tanta força, para que se torne como uma vara fina, você poderia transformar um jornal comum em uma arma mortal. O que realmente funciona de acertar a ponta final do jornal enrolado duro pode facilmente matar uma pessoa galinha você gira aextremidade diagonalmente para cima em direção ao osso nasal de uma pessoa, o osso do nariz da pessoa é empurrado para cima no cérebro e a pessoa morre instantaneamente.

Pode-se também usar este jornal para prejudicar uma pessoa muito seriamente, batendo no jornal bem no olho de uma pessoa ou no ouvido da pessoa. Qualquer coisa para neutralizar o inimigo. Isso éexatamente o que GammelMan quis dizer com a arma mais perigosa do mundo. Uma arma que nenhum homem refletiria. Um jornal que, por meios simples, e que em poucos segundos se tornou uma arma letal direta.

Todo esse treinamento começou a afetar Erik negativamente psicologicamente, já que nenhum homem é criado para agir como uma máquina. Erik começou a beber grandes quantidades de álcool, quando essa intoxicação se tornou uma forma de relaxamento, e seu corpo era muitas vezes completamente exausto por todo o treinamento, e da lavagem cerebral psicológica como era realmente ums eu disse, havia muitas regras a seguir dentro da Organização, e uma delas era que você não tinha permissão para ter qualquer tipo de problema com drogas. Sim, você leu direito.

Essas regras eram o clube. Qualquer um que quisesse tomardrogas, mas estaria sob condições controladas, algo que qualquer um pode descobrir que não funcionou diretamente. Um membro, nós o chamamos de Mirko neste livro. Mirko tinha muitos problemas com cocaína e, além disso, bombeava testosterona, que são os hormônios masculinos. Cocaína e testosterona juntas são tudo menos bem sucedidos.

Ele sofria de um humor frutífero, com muitos resultados agressivos. Isso significava que Mirko estava frequentemente quebrando outra regra. A regra que dizia que você nunca poderia levantar um dedo para o seu próprio irmão, ou de outra forma colocar outro irmão em perigo ou problemas. Mirko estava muitas vezes perto de fazer isso, e nofinal, ele quebrou a última regra mencionada.

Dentro da sede do clube havia uma sala chamada sala de vigilância. Naquela sala havia um monte de pequenos monitores (televisores) onde cada monitor mostrava uma imagem das câmeras de segurança montadas na prancha que cercava o pátio do clube. Todos tinham um certo tempo para sentar e monitorar essas câmeras. Mirko ia em seu turno por volta das 3 da .m, e então entrava na sala onde outro membro estava monitorando a área. Quando Mirko entra na sala, ele vê aquele membro dormindo. Esta foi uma das coisas mais sérias que poderia ser feita durante o atual período de guerra com nossos rivais. Ele pega uma mamadeira, que puxa na cabeça, e então leva um grande tapa.

Agora o resto do clube acordou, que teve que começar por separar esses dois membros, ambos haviam cometido uma ofensa gravíssima de acordo com o livro de regras, que provou ter consequências no mesmo dia, aqueles que eram membros efetivos detinham um reunião sobre este incidente, e onde rapidamente se espalhou o boato de que eles poderiam ser excluídos da Organização. Onde eles seriam colocados em Posição ruim. A pior punição de todas, e isso significava que esses membros seriam autorizados a deixar a Organização, sem qualquer respaldo, e onde qualquer outro clube Mc tivesse que atirar neles sem consequências. Poucos dias depois, descobriu-se que esses membros haviam recebido uma grave advertência e uma multa de 10 000 SEK. Uma frase muito leve.

Muitas pessoas pensavam que tinham festas selvagens onde lutavam e eram até mortais. O público tinha uma visão completamente errada da Organização, o que significava que era decidido ter uma casa aberta, onde os vizinhos do pátio do clube pudessem entrar, e onde a organização oferecia churrascos e bebidas. Eles também tinham comprado um monte de doces e outras coisas, para qualquer criança visitante. No dia em que era casa aberta, muitos se perguntavam se ele se atreveria a vir qualquer visitante. A mídia tinha pintado um quadro deles, onde eles pareciam ser os piores psicopatas. Mirko não tinha tentado dar uma foto melhor deles, já que uma semana antes ele tinha visto um micro-ônibus parado um pouco fora dos portões do clube, e onde aquele jornalista tinha tirado fotos do pátio do clube. Quando Mirko percebe isso, ele pega uma vassoura, abre o portão e então caminha até a janela do carro do micro-ônibus com o jornalista dentro, e quebra a janela. O jornalista entra em pânico e liga o carro, joga na colina, e sai a todo vapor. Ele mais, ou menos voa sobre uma pequena distância de estrada e, em seguida, continua para o campo algumas centenas de metros antes de parar. Este jornalista em pânico não escreveu nenhuma fala positiva diretamente no jornal sobre a Organização.

Por causa deste incidente, muitos duvidaram da possibilidade de transformar qualquer cidadão comum. Não houveexatamente uma pressa no primeiro dia. Por volta das onze da manhã, o primeiro visitante apareceu. Ele tinha um pé dentro do portão e o outro lá fora. Parecia bonito, cômico. Jonte começou a ir contra este visitante que começa a voltar atrás com cautela por causa de sua insegurança e medo que ele ganhou através da mídia de massa. Eram personalidades loucas e mortais. Quando Jonte chegou ao visitante, o visitante disse que era o vizinho mais próximo do pátio do clube e começou a apontar a mão para sua casa. Jonte disse a ele que eles acharam ótimo que ele quisesse vir visitá-lo. O visitante respondeu. Sim. Foi divertido, mas agora tenho que ir para casa.

Os outros eram tão próximos que podiam ouvir o comentário deste visitante sobre ir para casa. Todos riram quando perceberam que ele estava muito assustado e nervoso. Havia cerca de seis pessoas que agora começaram a caminhar em direção ao visitante, que ficou como endurecido, mas quando o cumprimentaram bem-vindos e se apresentaram, ele ficou um pouco mais calmo. Eles estão jogando algumas salsichas na grelha.

Então, você pode comer conosco. Jonte disse.

Bem. O visitante disse e passou a dizer que a esposa teria a comida pronta em breve, então provavelmente terá que ser para outra hora.

Não, não, não. Jonte disse e começou a entrar na sede do clube. O visitante olhou atentamente para os outros com olhos ansiosos. Mas então começou a entrar sozinho. Quando ele chegou em cerca de 20 a 30 metros, ele de repente parou abruptamente. Aqui vai ser bom para

grelhar. Diz o visitante de repente.
Provavelmente foi cerca de dez metros para a
grelha, mas eles moveram a grelha para a
frente. Que ele ficou ali provavelmente porque
ele queria ser capaz de ver o portão, para que
ele pudesse correr para fora se algo
acontecesse.

O visitante não era exatamente uma força
motriz para ver dentro da sede do clube. Ele
ainda estava muito tenso para ousar. Todos
tentaram fazê-lo relaxar um pouco e aceitar o
convite da maneira certa. Ele provavelmente
pensou que eles iam matá-lo, mas de repente
era como se seu nervosismo simplesmente
desaparecesse de alguma forma estranha. O
visitante queria ir para suas instalações. Quando
ele entrou, foi como se todas as inibições dele se
soltasse. Ele perguntou a Jonte se ele poderia
pegar sua família para que eles também
pudessem ver o local. Eles tinham um filho que
lia tudo sobre a Organização e que estava
muitointeressado nas motos, e em ver como
viviam. O visitante disse que o garoto viu tudo
na TV sobre mc clubs.

Claro, sua família também foi bem-vinda, pois
esse era o objetivo, de dar ao público uma ideia
melhor do que eles representavam, e que eles
não misturavam cidadãos comuns com seus

negócios. Eles queriam dar ao público um quadro diferente, e explicar para aqueles que queriam ouvir, que eles não eram tão loucos quanto a mídia de massa pintou. Convencer essas pessoas visitantes não foi fácil. Eles leram sobre eles por vários anos sobre as guerras que os clubes tiveram, então agora era para eles serem tão humildes quanto era possível ser.

Quando o visitante, que era o vizinho mais próximo da Organização, voltou com o resto de sua família, parecia que ter um dia de casa aberta era uma tentativa bem sucedida de alcançar os cidadãos comuns. O filho do visitante era bastante lírico que finalmente conseguiu ver uma Organização na vida real e sentar-se nas bicicletas. O visitante começou a fazer perguntas cautelosas se ele poderia cortar sua grama adjacente ao pátio do clube. Algo que ele não fazia há alguns anos por medo absoluto. Todos se perguntavam por que ele não tinha cortado a grama. Então acontece que o jornalista que recentemente teve sua janela de carro quebrada tinha visitado esse vizinho por vários anos antes e construiu um medo de julgamento.

Toda a organização começou a rir, quando ninguém tinha ouvido nada tão engraçado por um longo tempo até mesmo esse vizinho começou a rir quando ele percebeu que o jornalista só falava merda até mesmo sua esposa riu em voz alta quando ela também percebeu que tudo era uma tática de susto da mídia. Afinal, eles só tinham que melhorar a relação do vizinho, o que fez ajudando esse vizinho com sua cerca alguns dias depois.

A coisa toda sobre ter uma Casa Aberta foi bastante bem sucedida, e durante esses dias havia cerca de 15 a 20 cidadãos comuns, mas não famílias inteiras com crianças, mas havia pelo menos alguns, que a maioria estava feliz, mas depois da festa vem o treinamento e o re-treinamento.

Eles agora seriam informados de como era no pátio do clube e estava em algum lugar onde você poderia falar no quintal sem ser grampeado pela polícia. A organização foi uma das duas fazendas mais interceptadas em toda a Suécia. Os agentes direcionaram equipamentos de interceptação na Organização, que sabíamos do Departamento de Polícia sueco vazando informações como uma peneira. Havia também regras para isso, e, também para que informações poderiam ser ditas em telefones celulares. A organização trouxe equipamentos para telefones Ericsson, onde poderia montar em um pequeno dispositivo de criptografia que foi montado na parte inferior do telefone. Parecia um carregador, mas mais largo. Ao montar neste dispositivo de criptografia, você poderia então falar ao telefone com outra pessoa sem que a polícia fosse capaz de ouvir o que estávamos dizendo. Este equipamento foi originado de Israel, onde materiais de guerra eram fáceis de obter. Este equipamento era diretamente ilegal, e se você fosse usar este equipamento, que na Suécia é classificado como material militar, ele tinha que solicitá-lo.

Alimentando o treinamento de forma psicológica, eventualmente tornou-se tão destrutiva informação sobre como lidar com armas, munições, interceptação e guerra psicológica tornou-se como o próprio DNA. Um deles estava completamente embalado na cabeça por todas as informações e treinamento.

Essa lavagem cerebral tornou-se mais, ou menos como um estresse pós-traumático assim que você começou a pensar diferente do que eles tinham sido ensinados a pensar e agir. Depois de 6 meses neste inferno, você mudou mentalmente como pessoa. Com um estresse embutido, e que você estava sempre em sua guarda onde você nunca soube quando você ia levar um tiro. Você pensou criminalmente 24 horas por dia e como poderia viver fora da lei. A sensação de liberdade buscou onde a moto e o dólar desempenhavam um papel importante e agora começaram a se mostrar em sua forma adequada. Erik estava preso no inferno.

Como se o treinamento e a lavagem cerebral não fossem suficientes, a polícia também era como os abutres que guardavam um animal morto no chão. A polícia frequentemente atacava, mas raramente tinha sucesso. No Departamento de Polícia do condado de Skane, a Organização tinha dois policiais que os informaram antes que houvesse um ataque.

Esses policiais provavelmente são gerentes hoje e liberaram informações para uma quantia em dinheiro. Permitiu que se livrassem de tudo antes do ataque. Acho que a promotoria faria. Quando o Departamento de Polícia e seu departamento de combate ao Crime Organizado bateram forte na sede do clube.

Eles tinham arranjado um carregador de rodas para dirigir através dos portões. Então há policiais vindo sobre a prancha de todos os cantos. Uma vez dentro, eles trancaram todos eles no quintal nas garagens onde as motos estavam quando mexeram com eles, e então procuraram por toda a Organização armas e drogas, mas não encontraram nada quando seus próprios colegas tinham avisado a Organização antes. Eles acabaram voltando para a delegacia sem nada que o promotor pudesse prestar queixa A promotoria teve que pagar os portões com 80 000 SEK porque foi completamente destruída quando o carregador de rodas passou por eles em um mundo onde o fracasso foi acompanhado pela morte ou a prisão cria uma máquinasem emoção. Muitos que lêem isso provavelmente acham difícil entrar no inferno que realmente foi. Você tinha que tentar usar as ferramentas que tinha sido ensinado a desligar e ligar, mas ser capaz de desligar exigiu que você desistisse da visão humana que você já foi criado para ter.

Um homem que é constantemente arremessado entre lealdade instilada, fraternidade e caos torna-se um pouco estranho mais cedo ou mais tarde. Erik muitas vezes sentia que não estava no controle de seus sentimentos, sentimentos que consistiam em ódio, vandalismo, armas e o pior de tudo, a doutrina da rápida liquidação do inimigo, se necessário.

Que eles foram ensinados a remover um corpo humano sem deixar traços visíveis ou principais era parte do exercício em si. No entanto, foi a única peça que foi feita em animais. Os esqueletos de animais abatidos foram usados onde os ossos e a pele desses animais correspondiam ao corpo de uma pessoa. Onde foi então desenvolvido os métodos maise ficazes, sobre como fazer os resíduos de ossos e pele desaparecerem da maneira mais rápida e eficaz.

Normalmente, pode-se imaginar que o ácido seria o que faz o trabalho de forma mais eficiente, mas não é o mais fácil de obter uma quantidade tão grande de ácido, de modo que um corpo humano desapareceria. Foi uma guerra, e na pior das hipóteses, pode levar um caminhão-tanque inteiro com ácido. Algo que não poderia desaparecer sem que as autoridades fossem alertadas. Outro problema teria sido como armazenar tal quantidade de ácido.

Capítulo 21

Eles foram treinados pela Organização para não serem notados, ou para usar armas visíveis que alguém refletiria, pois isso poderia chamar policiais em maior número. Isso também era verdade agora quando um agente útil deveria ser desenvolvido que poderia fazer os resíduos de ossos e pele desaparecerem. No final, tornou-se cal não cerrado, que é um agente extremamente corrosivo, e com um pouco de água, tão eficaz quanto qualquer ácido.

Este cal poderia facilmente ser comprado nos homens do campo sem ninguém reagir. O nível de tolerância de Erik era desumano alto. Um nível que só pode alcançar através de muitos anos de vida destrutiva e empática.

Muitos de nós foram atingidos por pesadelos desagradáveis. Mirko teve o mesmo sonho muitas vezes, um sonho onde ele acordou em uma sala com corpos humanos podres, e então acordou com pânico e sentiu o cheiro de cadáveres. O próprio Erik tinha muitos sonhos diferentes, mas muitas vezes sonhava onde ele estava na luta mundial com diferentes inimigos onde seu objetivo era remover um da superfície da Terra. Muitas vezes acordo suado frio depois de lutar a pior guerra comigo mesmo. Foi provavelmente o instinto defensivo acumulado que era uma obrigação em, a fim de sobreviver em tudo. Erik uma vez se lembra de ter ido ver seu filho Alexander jogar futebol. Depois do jogo, os pais entravam, para os meninos no campo. Atrás de Erik vem outro pai que o reconheceu. O que ele fez foi vir atrás dele e colocar a mão no ombro de Erik e dizer seu nome ao mesmo tempo. Erik governou varrendo-o diretamente alguns metros no gramado. Um reflexo puro da parte do Erik. Alexandre olha para seu pai e se pergunta o que ele está tramando, todos os pais assistindo e deixando o lugar. Erik foi até o pai e tentou explicar que foi uma reação pura. Ele queria saber por que fiz isso. Sim, o que me diz? Foi embaraçoso para Alexandre, que tinha vergonha de seu pai. O filho do Erik era e achava que o pai era estúpido para fazer isso. Erik não podia explicar ao seu próprio filho, por que seu próprio pai se comportava como o pior gângster, mas felizmente, as crianças perdoam seus pais depois de um tempo e ele deve ser grato por isso.

Como Erik nos disse anteriormente, o tempo livre foi algo que quase brilhou com sua ausência. Mas éclaro que você estava livre, mas tinha que sempre ser capaz de alcançar, embora em uma das ocasiões disponíveis Erik estava em casa em seu apartamento, quando a campainha toca. Ele não olhou para o olho da porta, ele apenas abre. Lá fora está o cliente do filé de carne bovina e parece realmente, desagradável, para dizer o mínimo. Ele queria entrar, e Erik o deixouentrar, e eles entraram na sala grande.

Quando se sentaram, o cliente disse que se perguntaram para onde Erik tinha ido? Então ele mudou seu número de telefone e não tem notícias dele desde o último assalto. Erik não tinha contato com esses caras há mais de seis meses.

O cliente começou a explicar nas entrelinhas que não podia acabar apenas com essa clientela. Agora Erik começou a perceber que eles estavam enfrentando um confronto no submundo. Erik tinha feito sua escolha sobre a quem ele pertenceria, mas o cliente não estava em tudo nessa linha. Erik disse a ele que tinha cumprido seu compromisso com eles com bons resultados. Erik também entendeu agora que o resultado em que ele conseguiu, significava que eles não queriam libertá-lo, pois Erik era uma boa fonte de renda para eles. De forma amigável, com um resultado fatal na resposta errada.

O cliente se perguntou se Erik se lembrava que ele pediu quem Erik estava fazendo o negócio?

Sim. Claro que me lembro que Erik respondeu.

Ele explicou que eles eram basicamente um industrial russo que segurava as cordas e agora ele estava com raiva e desapontado que Erik acabou de apresentar. Ele gostaria de ver Erik em breve, se ele pudesse imaginar.

O cliente achou a resposta de Erik extremamente estúpida, pois ele não iria querer ter este russo atrás dele, mas ele sabia que ele tinha apoio do clube, mas ao mesmo tempo você não tinha que colocar o clube em apuros, ou qualquer irmão individual para isso. Erik sabia que poderia recorrer a Jonte se ele tivesse problemas, ou se perguntasse sobre algo, quando Jonte estava, no comando de Erik neste momento, ponto final.

Quando Erik conheceu Jonte, Erik perguntou como resolver isso? Jonte disse que sabia que Erik tinha trabalhado com clientes russos antes que eles se interessassem por ele. Ele também diz que Erik deve de uma vez por todas se contentar com eles, porque caso contrário você nunca terá paz e sossego. Bem! Foi um pouco difícil. O que Jonte estava pensando?

Erik iria sozinho e faria um acordo com um empresário russo e sua guarda?

Então Jonte me diz para decidir a hora e o lugar com os russos o mais rápido possível. Você tinha seu coração em sua garganta! Erik ainda não sabia se iria encontrá-los ele mesmo ou se ele tinha um backup da Organização. Jonte verificaria com a Organização para ver se eles poderiam notificar nossos inimigos da outra gangue motoqueiro que eles estavam passando por seu território. Para os clubes notificarem uns aos outros era para que não fosse percebido como um ato de guerra. Uma tentativa que os clubes haviam concordado, para evitar conflitos o máximo possível, embora houvesse guerra entre os clubes.

Erik pegou o cliente e decidiu a hora e o lugar. Ele escolheu um restaurante à beira da estrada no E4 então era um lugar público, então talvez você pudesse evitar tiros. Jonte sai no pátio do clube depois de 10 minutos e diz que ele vai com Erik e ele fica livre deste empresário russo. Jonte disse que dirigia sua moto, e que Erik pegaria o carro e dirigiria na frente. Eles trouxeram duas armas de pulso como reforço se tivessem montado algumtipo de armadilha. Esta seria a primeira vez que Erik saiu com um membro completo do negócio. Eu não acho que a adrenalina nunca bombeou como fez agora.

Quando chegaram, estavam quase uma hora adiantados.

Jonte queria que eles entrassem no restaurante à beira da estrada e comessem um pouco. Comer? Erik disse. Eu não poderia obter uma migalha de pão para baixo se algo enfiou-o na minha garganta. Ele estava honestamente muitonervoso. Embora ele tivesse seu treinamento, e um membro completo com ele, que possivelmente enfrentar um confronto no submundo não era algo que você foi, e pensou que era legal de alguma forma. Erik adoraria voltar para casa.

Jonte entrou no restaurante à beira da estrada e pediu comida, e então foi e sentou-se em uma das mesas, como calma a qualquer hora. Lá eles entraram em um restaurante à beira da estrada armados e comeram pouco antes do acordo. Erik só pegou um copo d'água, que foi difícil o suficiente para derrubar. Jonte viu que Erik estava carregado e nervoso.

Jonte estava acostumado com esse tipo de acordo, e disse que não haveria um problema tão grande, mas que ele iria executar as negociações, e Erik só precisava ser afiado se fosse para sair com armas ou afins.

Particular! Pensei que Erik. Apenas seja afiado, fácil quando ele era como um milkshake vivo. Bem, é claro que estou", respondeu Jonte.

Ele disse ao Erik para se preparar depois de comer. O que ele quis dizer foi que Erik faria um discreto movimento de manto, então Erik tinha um cartucho na corrida e segurou sua arma. Dito e feito! Eles começaram a sair do restaurante à beira da estrada. Quando eles saíram, havia um carro mais fino bonito, muito abaixo do estacionamento, e um número, de pessoas fora do carro.

Aí estão eles! Jonte disse.

Agora Erik estava carregado.

Nós vamos até eles, jonte disse, e eles começaram a andar. Eles também começaram a se mover, mas eles ainda não sabiam se eram essas pessoas que eles iam encontrar, mas provavelmente eram eles.

Agora eles chegaram tão perto que Erik viu o Cliente, e diz a Jonte que são eles, e que Erik agora poderia ver o cliente. Bom. Jonte disse.

Agora eles ficaram na frente um do outro e saudaram tomando cuidado. O cliente disse que queria fazer um acordo. Jonte perguntou onde estava para o acordo? Precisamos dos serviços daquele homem uma última vez, para um trabalho no computador. Ele apontou para Erik. Jonte respondeu que não é considerado e disse-lhes para recuarem quando Erik agora pertencia a esta Organização.

O cliente disse que isso poderia significar grandes perdas para sua Organização se eles não fossem autorizados a usar Erik uma última vez para um trabalho. Jonte perguntou se o cliente os ameaçou.

Não! Disse o cliente, só digo o que acontecerá se não usarmos Erik de novo uma última vez.

Peça desculpas, disse Jonte ao Cliente.

O cliente sorri um pouco. Um sorriso que fez Jonte explodir.

Merda Erik pensou, agora ele bateus, ele tinha tido uma verdadeira adrenalina agora, e ele só esperava que ele não teria que puxar sua arma. Então ele provavelmente em uma arma sacada só foi capaz de bater nas nuvens.

Jonte pega a mão direita atrás das costas, onde tinha a arma e diz ao cliente uma última vez para se desculpar. O cliente entende que não negociamos mais diplomaticamente. O backup do cliente se espalha para os lados, agora Erik leva um tempo em torno de sua arma, mas não puxa, Ele espera. Impasse era o que eles tinham agora, alguém saindo do carro. Um homem com um casaco longo brilhante. Uma pessoa muito bem cuidada. Erik entendeu que essa pessoa era o empresário russo.

Então Erik percebeu que a Agente McGill e sua força estavam no local, era um carro que parecia espuma e demonstrava que era um carro de reconhecimento. Agora provavelmente o Agente McGill teria falado com Henke, porque como diabos esses dois corruptos poderiam estar no mesmo lugar de outra forma.

Agora houve uma reunião de poder chamada bom o suficiente.

O agente McGill claramente queria mostrar sua força,e, também colocar seu Erik e seus amigos na cadeia, então Henke teve todo o trabalho servido em uma bandeja de prata.

Mas não era isso que Erik estava pensando.

Ele manteve essas pessoas afastadas mostrando que ERIK NÃO ESTAVA NU (COM UMA ARMA) Então eles não vieram correndo então, e foi apenas um carro que apareceu. Erik e Jonte se concentraram mais no empresário.

Acontece que Erik estava errado. Era o braço direito do empresário russo. O cliente começou a falar russo com a pessoa. As habilidades de Erik na língua russa não eram boas nesta ocasião, mas tanto que ele entendeu que não era positivo. Erik viu no Cliente que ele foi pressionado pelo homem que recentemente desceu do carro, e que começou a falar com firmeza e de uma forma mais nítida. O cliente se vira contra Jonte e diz que seu cliente não quer deixar Erik sem algumtipo de compensação. Jonte diz ao cliente que uma bala na cabeça ele poderia oferecer a ele se ele não recuar, e que o cliente pede desculpas. Enquanto Jonte diz que vai um de seus homens atrás de seu carro e faz um movimento manto. Ele e Erik trazem suas armas, mas as seguram com o barril no chão para que o público não veja.

O homem que era o braço direito do cliente russo diz algumas palavras curtas em russo. O que leva o cliente a dizer ok, ok. Deixamos o estranho ficarquites , diz o cliente. Jonte mudou de ideia de ser uma pessoa totalmente capaz de atirar nessas pessoas, para encher sua arma e parecer feliz.

Erik não estava feliz. Ele não sabe o que era, mas pelo menos não estava feliz.

Tudo termina com o cliente se desculpando e apresentando os desejos de seu cliente para mais umavez, obter ajuda de Erik, mas que eles pagariam a mim e ao clube. Não era algo que Erik queria fazer.

Que Jonte sabia mais do que bem. Ele disse que nossos negócios terminam aqui e agora. O que fez com que o cliente e os outros enlutados naquele pelotão pulassem no carro e se afastassem do estacionamento. Jonte diz que eles se retiram para o clube, mas assim como eles estavam dirigindo do estacionamento, ele é vislumbrar bipes primeiro e logo após obipede Erik junto.

Era o número de telefone da Organização, o que significava que você iria à Organização imediatamente. Erik não pôde ir, porque provavelmente foi Henke quem convocou todos, e Jonte de poucas pessoas manteve Erik pelas costas.

Como é isso? Jonte disse, para Erik antes de dirigir.

Bem. Temos um guincho,e esse é o líder.

O que você está dizendo? Ele disse.

Sim, nós temos, Erik disse, mas nós vamoslidar
com issomais tarde. Agora vá para a Organização
e finja que nada aconteceu.

Jonte parecia completamente confuso, mas
sabia ao mesmotempo que Erik não diria isso se
não fosse assim. Aparentemente, algo
aconteceu, mas o que foi? Ele se perguntou se
foi a polícia que atacou novamente, e que eles
não tinham sido avisados por esses policiais, que
sempre se informavam bem antes de um
ataque. Jonte imediatamente foi à Organização
para ouvir ou ver o que tinha acontecido.
Quando ele entrou na fazenda, alguns membros
inteiros vieram falar com ele.

Henke começou dizendo que eles têm um
membro que matou Anton, e foi Erik quem fez
isso infelizmente. Jonte apenas olhou para
Henke e pediu-lhe para parar porque ele poderia
aceitar Erik, ele nunca mataria um membro.

Não, Henke disse, eu não pensei assim no início,
mas agora está provado, e está estabelecido.
Agente McGill está procurando por ele por
assassinato.

Henke, sabe oqueestá dizendo? Você está
falando de uma pessoa que está na Organização
há muito tempo. Você está falando sério que

Erik teria feito isso? Ei, Henke, eu preciso verificar isso, então você sabe. Jonte disse.

Sim, faça isso. Henke disse.

Capítulo 22

Acabou por ser um membro de teste que tinha ido e tatuado um símbolo que você só pode ter se você tiver o consentimento da Organização, e um pré-requisito era que você fosse um membro completo que ele não era. Mas no mundo do crime e especialmente na Organização, as tatuagens eram de grande importância. Tatuagens falavam muitas línguas, e cada símbolo representava o que era digno, e tinha sofrido. Uma explicaçãomuito simplista da importância da tatuagem.

Jonte era muito alto e foi por essa razão que eles o chamaram de volta quando membros completos queriam consultar, ele sobre como resolver a tatuagem não autorizada dessa pessoa.

Todos concordaram que deveria ser removido. A razão pela qual ninguém tinha visto foi porque o cara tinha uma pulseira de couro larga no pulso, precisamente para esconder a tatuagem.

Este clube era dono da maior parte daquele estúdio de tatuagem em particular, e tinha descoberto através do salão de tatuagem que o cara tinha pedido para ser tatuado neste símbolo, mas também o tatuador tinha feito errado, tatuando o símbolo quando ele sabia que o cara não era um membro completo. A tatuagem seria removida a todo custo. O cara saiu para a garagem e o moedor de ângulo com a roda de moagem ligado foi iniciado. O cara entrou em pânico, mas sabia que essa solução era melhor punição do que o que ele poderia ter de outra forma. O moedor de ângulos arrancou a pele, então ele voou pedaços de pele e respingos de sangue nas paredes da garagem. Você podia ver como o sangue que atingiu as paredes foi sugado para dentro da placa de gesso quando eles atingiram a parede de gesso. Ninguém reagiu.

Todos achavam que era certo fazer isso. Ele tinha usado uma tatuagem que não podia usar, e agora teve que tomar seu castigo. O cara conseguiu ajuda para limpar a ferida e reanexá-la, porque o cara queria continuar seu treinamento.

O tatuador estava um pouco assustado agora, quando ele sabia o que o cara estava passando, e eleartista foi dado um aviso real sobre o que aconteceria com ele se ele cometesse esse erro.

A organização começou a suspeitar que os agentes que deram informações a Erik sobre a

repressão, foram duramente atingidos, pois não
tinham informado Erik por um longo tempo.

Erik pegou em segurança antes do incerto e
moveu o arsenal. Erik começou a esconder
armas de conhecidos que eram brancos de neve
e não estavam nos antecedentes criminais.
Escondendo grandes estoques de armas de
pessoas comuns que tinham ligações com
alguém da Organização, a polícia não podia
acessar as armas. Era quase improvável que o
promotor solicitasse um mandado de busca de
uma pessoa impune e sem provas. O próprio
Erik não poderia ter grandes estoques de armas
em casa. Quando a polícia frequentemente
ligava os endereços do Erik. Todos os truques
foram usados durante a guerra. Foi muito
apertado. Eles não tinham informações há várias
semanas da polícia. Eles não podiam se dar ao
luxo de arriscar porque isso poderia significar
que eles perderam todo o arsenal. Teria sido um
desastre.

Ao mesmo tempo, eles treinavame, também,
manteriam a ordem no mercado e em todos os
territórios, de modo que nenhum clube saliente
tentou reivindicar a participação de mercado do
clube. Todos os clubes que tentavam entrar no
mercado tinham duas opções, ou os membros

estavam até o zero e podiam dirigir seu clube
como um subclube deles, e onde eles tinham
que usar suas coresdo clube ou liquidação. A
maioria dos clubes que apareceram, geralmente
desapareceram se dissolvendo quando foram
informados de que estavam a caminho do clube.
Havia também novos clubes que queriam testar
sua capacidade e onde as coisas iam à loucura.

Aconteceu no final da condicional de Erik onde
eles iriam para um clube recém-iniciado, para
ter certeza de que eles desapareceram de uma
vez por todas. Eles tinham um ônibus de
carrinho do modelo enferrujado em que eles
saltaram cinco pessoas dentro Alguém tinha
"puffers" com eles no caso de terem armas de
fogo! Quando chegaram a uma encruzilhada, um
carro da polícia desliza até o lado deles. Eles
partiram assim que ficou verde. Nós dirigimos
sem o ponto de encontro deles.

Erik sabia que a realidade é baseada em muitos
outros fatores, eventos e onde se está em um
estado mais, ou menos lavagem cerebral. Erik
fez muitos atos indefensáveis, e quanto mais a
guerra se desenvolveu, mais recursos foram
implantados contra o crime organizado, a
organização tinha um orçamento bastante
extenso. SAPO começou marcando membros

para nos quebrar psicologicamente. Eles ficaram do lado de fora do portão do clube onde eles fizeram o seu máximo com várias provocações. Pode ser, por exemplo, que eles cuspiram em nós, ou contra as motos e carros que entraram no pátio do clube. Eles jogaram fora palavras verbalmente feias, tudo para fazer com que os da Organização pulassem em cima dos policiais para que pudessem prendê-los por violência contra oficiais. Quando eles saíram das motos eles estavam e tinham controles de tráfego, onde eles tinham inspeções de voo nas motos. Eles podiam chutar um pisca-pisca na moto, então ela ficou dobrada, ou até quebrou. Então eles receberam uma multa por isso verificado então eles estavam sóbrios e geralmente falavam merda sobre eles no clube para pessoas que estavam associadas com o controle doveículo o suficiente tinha o Departamento de Polícia tomou uma quantia maiordos contribuintes que pagaram esta festa e onde os policiais infringiram a lei para fazê-los infringir a lei. Um prato puro.

A polícia do lado de fora dos portões muitas vezes tinha um capuz sobre seu rosto, então o quão duro eles realmente eram, pode ser discutido. Os oficiais que avisaram o clube tinham dado a impressão de que haveria uma grande repressão no pátio do clube, mas não foi a força policial local que iria atacar, então eles não sabiam quando isso aconteceria.

Eles erammuito, calmos, mas claro, estava tenso quando a S.W.A.T veio. Provavelmente houve alguma razão pela qual os colegas da S.W.A.T os chamavam de grupo suicida. Esses policiais estavam tão loucos quanto os do clube. Então, quando houve uma repressão com esses policiais, você nunca soube o que poderia acontecer. O clube decidiu se manter em segredo com negócios, recuperaçãoe outras atividades ilegais por dois a três dias até ver se havia uma repressão ou não. Eles teriam uma festa maior nesse meio tempo, e onde haveria duas strippers profissionais para alegrar o dia para eles. Mas a preparação ainda estava no mais alto nível, o que significava que todos os membros não tinham permissão para participar desta festa. Adivinha se houvesse protestos daqueles membros que teriam a guarda naquela noite. Ah, sim, confie nele.

Seria uma boa comida, mas eles realmente não tinham alguém que pudesse se chamar de chef, então era salada de batata e carne. Eles foram colocados com mesas longas, placas de papel e com talheres de plástico. Todos estavam ansiosos por essa festa. Foram as strippers que puxaram e criaram um desejo de festejar. Eles só tinham ouvido falar de apenas uma dessas strippers. Ela tinha sidoextremamente bom em seu trabalho.

Eles tinham começado a comer um pouco quando o primeiro show estava prestes a começar. Todos pararam de comer para ver se eram bons em despir. Erik pode atestar que eles eram. Ela era uma garota muitobonita e seu show era completamente grotesco.

Ela basicamente colocou a mão inteira no abdômen inferior. Foi nojento, de fato, e ninguém estava exatamente com fome de salada de batata depois dessa performance. Alguns até jogaram fora sua comida. Ela era um pouco áspera demais em sua prática quando se tratava de despir. Quando mesmo aqueles no clube não achavam que era bom, então você só pode pensar o que as pessoas comuns pensariam. A festa foimuito, boa, com muitos elementos divertidos. Eles tinham um grupo humano, mesmo que a preparação estivesse no mais alto nível, eles poderiam se divertir. Parecia que as horas da festa duravam, o que te fez secar.

Na manhã seguinte, a polícia atacou com força.
Eles acordaram com uma motosserra correndo,
e foi ouvido que estava serrando algo. Acontece
que aautoridade policial do condado de Skane
tinha recrutado a ajuda de seus colegas na força
S.W.A.T de Gothenburg, e agora foram eles que
fizeram o ataque. Os colegas tinham ido até
Skane county porque o Ministério Público e a
Autoridade policial tinham aprendido que a
polícia do condado de Skane estava vazando.

A promotoria estava cansada de toda a
repressão fracassada que custou caro ao Estado
financeiramente. Não só porque eles tiveram
que substituir o clube pelas partidas que foram
arruinadas pela repressão, mas também porque
os policiais que tinham seu salário. Onde o
promotor teve que tomar uma decisão sobre um
ataque, mas sem resultados, o que não parecia
bom na reputação do promotor. Lá, a repressão
foi apenas um custo caro. Mesmo desta vez foi
mais, ou menos um fracasso, pois eles só
encontraram pequenas coisas como dedos e
peças de motocicleta roubadas, que eles não
podiam amarrar ninguém.

O incidente foi que uma equipe de policiais viu
um buraco no avião que cercava a Organização,
e foi aquela motosserra que acordou todo o
clube. Em seguida, uma equipe de policiais em

um elevador de céu vem contra uma das empenas na sede do clube. Dois policiais no elevador do céu estavam usando seus capacetes de combate e armas automáticas como arma de serviço. Alguns membros estavam muitobêbados depois da festa de ontem e se perguntaram onde estava acontecendo. Os policiais jogaram granadas de fumaça e granadas de distração. Foi assim. Era o brilho da luz na pior véspera de Ano Novo.

Desta vez foi pura guerra dentro do pátio do clube. Onde quer que você olhasse, havia policiais, elas foram disciplinados, mais do que costumavam ser. Eles vêm através do portão como soldados de elite, onde o menor movimento rápido desencadearia um tiroteio. Os policiais estavam tensos e os do clube não eram menos ativos. A polícia estava muito preocupada que eles começassem a disparar algumas armas, mas não havia armas lá. Não mais do que dedos e tacos de beisebol. Nenhuma contra-arma direta contra a deles. A melhor coisa que eles no clube poderiam fazer era deixá-los trancá-los mais uma vez nas garagens para que pudessem revistar o pátio do clube. Estava ficando rotineiro ter a polícia na sua bunda. Que eles não resistiriam foi um dado, uma vez que o promotor tinha batido palmas e foi capaz de trancá-los. Grandes partes da

prancha foram corrompidas, e não foi nada que
a polícia teve que pagar, quando em parte
conseguiram encontrar roubo.

Vizinhos da sede do clube pensaram que a
polícia exagerou várias vezes. Houve estrondos
altos chamados bons o suficiente das granadas
de distração, tão alto que os vizinhos se
levantaram em suas próprias camas como
bombeiros. Eram famílias com crianças, e
sofreram quando a polícia invadiu. A polícia e os
jornalistas tendiam a encobrir seu fracasso e os
jornalistas escreviam apenas sobre o quão eficaz
era o departamentodecrimes, em seu trabalho
de mapear, e acabar com as redes criminosas. A
imagem da mídia do trabalho da polícia com
grande sucesso foi levantada aos céus pelos
jornalistas comprados que a polícia controlava
prometendo a esses jornalistas boahistória,
quando outras coisas aconteciam na
comunidade. Assim, o departamento de polícia
queria dar ao público uma falsa sensação de
segurança de que as autoridades tinham total
controle das gangues motoqueiros. Quando a
verdade é que os contribuintes têm e ainda
têmque pagar pelos esforços fracassados da
polícia. Onde parte da receita dos contribuintes
também teve que ajudar a subornar jornalistas,

o que daria à sociedade uma imagem modificada da sociedade jurídica eficaz. Se a polícia tivesse sido tão eficaz como foi destacado, poucos criminosos estariam fora das prisões, e ainda menos gangues de motoqueiros, mas infelizmente a sociedade trabalha dessa forma. Os políticos devem fazer contribuições para o Departamento de Polícia, mas que ninguém entendeu o jogo de ping pong que está acontecendo entre a polícia e os políticos. Porque se a polícia vai conseguir mais dinheiro, eles têm que mostrar que há uma necessidade. Os políticos devem ver sucessos nas somas reservadas para ocrime, mas não há sucessos, e não há evidência da realidade de que haveria qualquer redução nas organizações relacionadas ao MC,muitopelo contrário. Os motoclubes estão se expandindo muito a cada dia. Há sub-clubes para as grandes gangues e as grandes gangues entram em novos mercados.

Atualmente, há livros no mercado que perguntam por que cada vez mais gangues criminosas de motocicletas estão aparecendo agora. A verdade não é tão sofisticada quanto você pensa.

As exigências básicas de vida de uma pessoa que anda de bicicleta eram fraternidade, ser livre, fora da lei, cuidar de si mesmo e do negócio que eles empreenderam. Ninguém queria liberar sua parte de mercado para outras organizações. A força motriz da guerra será dinheiro, dinheiro. Você não tem que explicar mais difícil, mas resolvê-lo foi muito mais difícil.

Quando duas Organizações brigam pelo mesmo bolo, haverá brigas, assim como na vida comum, nada de estranho nele. Onde cidadãos comuns seguem o livro de estatutos e têm barreiras humanas. Essas barreiras só podem ser apagadas por uma vida dura.

A organização teve que criar uma renda segura para as despesas fixas e Erik sabia disso.

As organizações inicialmente tinham grandes rendimentos com drogas, cobrança de dívidas, aquisição de estúdios de tatuagem. Este passo também foi chamado de o primeiro Libra. A palavra LIBRA se tornaria a palavra descrevendo desenvolvimentos criminosos ao público. A segunda onda consistiu no patrocínio de restaurantes e outras empresas, onde essas empresas não tinham escolha seprecisavam ou não dessa proteção. Eles teriam essa proteção. Caso contrário, sua empresa poderia desaparecer em sinal de chamas, e o dono do restaurante poderia acordar no MAS (Hospital Geral de Malmö). Isso foi pura chantagem de alto nível. Proteção forçada que seria paga por percentual do faturamento anual de tal empresa. A segunda onda também consistia em muitos outros elementos, como prostituição e contrabando de pessoas. Erik fez tudo para tentar derrubar essas partes porque ele sabia que estava se tornando doloroso. Ele derrubou todos os endereços de e-mail. Erik foi capaz de assumir o controle deles completamente e como uma cópia que ele poderia ler sem que ninguém notasse.

Capítulo 23

As pessoas comuns achavam que os membros plenos eram os piores, mas era exatamente o oposto, e Erik escolheu bater forte contra eles, quando membros plenos não queriam em suas mãos desnecessariamente ums eu disse, os cães tinham que fazer a merda, elecães energéticos que queriam entrar nas Organizações. Eles queriam provar-se bons e muitas vezes seu desejo tão esperado foi usado para se tornar um membro completo. Os pensamentos foram para o momento em que Erik estava sendo treinado para se tornar Pointman, e o que era exigido da pessoa, que queria se levantar.

Muitos ficaram muitodecepcionados, pois estavam sendo explorados ao máximo. As autoridades fizeram o possível para entrar na Organização através de operações secretas. Onde policiais tentaram se infiltrar, o que eles realmente conseguiram fazer na outra gangue, com a qual estávamos em guerra, que a polícia entrou lá devido à sua maneira de recrutar novos membros. Ao plantar policiais na Organização, eles tentariam prever o próximo passo na onda criminosa. Mas a terceira onda não pôde ser prevista pelas autoridades, e foi através dessas tentativas desesperadas que daria às autoridades uma vantagem, para atacar antes que a Organização revidasse ao sistema legal da sociedade. Erik tinha certeza de que era impossível se proteger da terceira onda. Não há absolutamente nenhuma proteção contra ele.

Para as autoridades focadas em prender bandidos em várias organizações criminosas e completamente perdidos o que realmente era, sobre. A organização confundiu as autoridades ao atrair sua atenção para as áreas erradas de estabelecimento, assim, a grande caixa de poupança poderia ser preenchida vigorosamente. Através do grande capital da Organização em vários bancos no exterior, a primeira fase da terceira onda poderia começar a tomar sua forma na vida de Erik.

A organização começou a assumir diferentes empresas de uma forma completamente legal, e Erik também o fez em sua vingança, porque ele fez exatamente como a Organização fez antes, embora agora seja Erik quem é o dono das empresas.

Comprando ações corporativas. Algumas empresas venderiam 51%, então a organização obteve a maioriadas ações, e assim foi capaz de orientar a empresa na direção que Erik queria. As empresas que se recusaram, tornaram-se fáceis de persuadir, porque só queriam paz e tranquilidade. A organização sempre calculou com uma certa perda, tanto de dinheiro quanto de membros. Era o preço do sucesso, um preço que nem mesmo uma Organização poderia evitar. As perdas que muitas vezes atingiram uma Organização, foi que alguém foi preso, e Erik não queria fazer isso de novo. Uma perda aceitável quando as empresas estavam no terreno do clube, mas não no Erik.

A organização sempre pagou o preço total pelas ações, então naquele momento não era ilegal, mas justamente quando a Organização queria obtê-las em 51%, que deram uma posição de liderança nas empresas, geralmente era bastante confusa, e com muitas ameaças ilegais e violência. Se a Organização tivesse se decidido, então seria assim, de um jeito ou de outro. A empresa estava indo para a Organização, bem como nas redes, e foi precisamente lá que Erik usou seu conhecimento do conhecimento mundial. Erik, então, inicialmente tomou 51 por cento, de todas as ações da Organizations, o que tornou o funcional. Agora eles não tinham a propriedade da organização mente né nas empresas, Erik pensou.

O segundo passo que Erik deu foi esvaziar dinheiro em todas as contas com a Organização, e foi provavelmente isso que fez Henke reagir.

Jonte da Organização ligou para o telefone de Erik, mas Erik entendeu o que queria, então ele não respondeu.

Erik trabalhou relativamente rápido, mas a organização agora tentou cobrir todas as perdas que Erik fez com sua vingança. A organização não era a única para a qual Erik tinha esses planos, e a aquisição de várias empresas tornou-se um software puro que valia ouro em um sentido duplo. Ao obter o dinheiro das empresas, Erik pôde usá-los para estabelecimento e desenvolvimento, mas também para coletar itens ilegais, como bebidas alcoólicas, drogas e armas. Na maioria das vezes, as empresas que assumiram tinham umareputaçãomuito, boa, que tornava muito mais fácil obter os produtos ilegais! Os empreendedores certamente não queriam estar conectados, com organizações ainda menos que eles queriam que os costumes e a polícia descobrissem sua cumplicidade no crime.

Agente McGill ajudou com este incidente sem saber o que ela tinha feito. O agente McGill recebeu uma ligação de um Departamento de Polícia dizendo que eles receberam uma denúncia anônima de uma pessoa que disse que havia um monte de equipamento em um endereço, e que o informante queria sapo para verificar, ou seja, Agente McGill.

Oquê?! McGill disse. Por que o informante queria que eu verificasse esse assunto que ninguém entendia, mas ela logo entenderia aquela conversa, o próprio Erik tinha deixado uma dica anônima e queria que o agente McGill verificasse o relatório ela mesma, étrange? Disse a Agente McGill, e se perguntou por que alguém queria que ela verificasse, mas ela não fez disso um grande negócio, mesmo que ela tivesse suas preocupações.

O agente McGill saiu e chamou o Goblin kid para dissipar seus pensamentos, mas tornou-se uma conversa de mãe e filha, que era sobre roupas e outras coisas totalmente sem importância. Ambos desligaram no telefone, e o agente McGill teve que pensar sobre o que o informante realmente queria, porque o Goblin kid não tinha dito nada para sua mãe, e era estranho, ou ela não sabia de nada.

Henke tinha dito a Jim OneBone para apagar todos os discos rígidos e servidores, então não saiu em mãos erradas se sapo ou a polícia tem suas mãos com fome de lucro sobre eles.

Tudo o que Henke disse a Jim OneBone parecia que a organização estava limpando todas as evidências para que Erik não as pegasse.

Bob disse a Henke que será uma espécie de coisa como as que poucos entenderão na Organização.

"Sim, temo que sim", disse Henke.

A limpeza continuou enquanto Erik continuava com sua vingança. Tudo foi cuidadosamente planejado do lado da Organização. Erik era uma peça do quebra-cabeça na obra organizada. Poder aproveitar esses empreendedores, criou oportunidades incríveis a nível internacional. Onde os outros membros da organização em outros países poderiam enviar mais facilmente equipamentos importantes. Ninguém poderia imaginar que uma empresa de renome estava dirigindo carregamentos de armas. Erik sabia que era realidade. A realidade de Erik que passou pelo cidadão comum foi ignorada.

Muitos dos líderes empresariais que haviam sido comprados pelo clube, tiveram que viver uma vida dupla com suas próprias famílias, onde eles foram gentilmente autorizados a manter a cor e não tinham mais o controle de sua própria empresa. Um destino terrível para essas pessoas, onde eles só poderiam fazer um relatório policial, mas então suas vidas seriam, oumuito, curtas, ou se tornariam uma vida que faria o Inferno percebido como céu puro. Poucas pessoas reportam uma organização à polícia, e Erik sabia disso.

Erik, é claro, viu esta ação como uma escalada muitoséria da ameaça, e eles não estavam atrasados em colocar em prática contramedidas. Erik queria em pedaços todo oprédio, então ele entrou no local para fazer uma bomba. A mochila dele estava cheia de coisas. Erik precisava de pólvora, que mais apropriadamente é taken de bombinhas, pregos, vidro, nozes, sim tudo o que é angular e afiado, plug in metal, diam. = diam interior. Metal plugue, com um pequeno buraco no meio. Soldar era para obter uma explosão máxima em sua bomba. Erik então pega o tubo e prende o plugue de metal sem furos no meio em uma extremidade, Erik soldou porque ele tinha acesso a uma solda. Erik enche o cano com pólvora e objetos afiados até que esteja quase cheio, e só então ele ouviu um carro chegando, o que interferiu com seu tempo na bomba. Erik viu no canto de seu olho que um carro estava indo em sua direção em alta velocidade. A organização começa a disparar armas automáticas contra Erik.

SAPO estava agora louco depois dos criminosos,
que dispararam com armas automáticas.
Émuito, sério realizar tal operação, e felizmente,
ninguém ficou ferido. Disse, Agente McGill, mas
poderia ter tido consequências devastadoras se
os tiros atingisse alguém. Não era algo em que a
Organização estava pensando naquela época.

Todos os envolvidos na Organização eram até
intrometidos, quando perceberam que alguém
estava no local. Acabou de muitasmaneiras
diferentes. A organização tornou-se introvertida
e eles trataram todos mais, ou menos como o
pior inimigo, o que os fez ver tudo de preto. No
dia seguinte ao tiroteio, eles colocaram uma
granada de mão sob o capô de um dos carros de
Erik. Eles devem ter ficado extremamente
estressados quando montaram a granada de
mão. Eles pareciam estressados porque não
conseguiram todo o capô de novo, o que
provavelmente foi um planejamento
estratégico, pensou Erik. Em seguida, eles
tinham colocado um fio no próprio anel, o que
torna possível puxar o pino com. Assim, a
intenção deles era que Erik levantasse o capô e
o fio de aço tirasse o pino e a granada de mão
explodisse. Poderia funcionar se eles não
colocassem um fio muito longo. Pensei que Erik.

Esta granada de mão poderia ser facilmente removida e segura por Erik. Este foi apenas o começo da escalada de uma guerra muito cruel e longa entre Erik e a Organização.

Todas essas granadas de mão plantadas e outros dispositivos explosivos colocam muita pressão na SAPO.

Agora Erik rebateu com casco e cabelo. À noite, Erik estava do lado de fora das instalações da Organização para explodir a bomba que ele construiu.

Erik desenvolveu uma parte mecânica em seu próprio corpo mentalmente um com o outro no dia que passou. Enquanto este estado mental doentio se desenvolveu nele como pessoa, ele tinha dois filhos para cuidar a cada dois fins de semana. A mãe percebeu que Erik estava em gelo extremamente fino e começou a tomar, ação contra Erik. Ela começou querendo a custódia de seu filho comum, e tornou-se outro ato puro de guerra. Embora fosse a melhor coisa que ela tinha feito, Erik não podia aceitar essa humilhação por sua vida. Ele não podia ver os melhores interesses de seus próprios filhos. As crianças eram dele também, mas ele não viu seus próprios passos de tentativa doente no golpe inferior do crime. Parecia que ele estava apenas definido para uma frequência que era apenas sobre arruinar, esmagare liquidar. Nenhuma emoção normal poderia penetrar mesmo que ele estivesse no fundo, mais do que saber que ele não era como uma pessoa. Erik era controlado por um controle remoto, que era controlado centralmente a partir do centro maligno da organização, enquanto ele sentia imenso poder e sentimento de ilegalidade. Emoções são provavelmente a coisa mais difícil que ele pode descrever de uma forma crível, mas estas palavras acima são o mais perto que ele pode chegar ao registro emocional que Erik tinha na época.

Capítulo 24

A mãe ligou!

Erik finalmente percebeu que o melhor para as crianças era que a mãe tinha a custódia e assinou os papéis que seu representante legal havia compilado. Erik tinha, naquela época, começado a perceber o quão errado ele estava nisso, mas por sua assinatura fez algo bom durante este tempo sombrio, e nós poderíamos pelo menos estar na mesma sala sem grandes conflitos. Perceber que você está fazendo errado é uma coisa, fazer algo sobre isso é outra coisa. Algo que apenas algumas horas depois da assinatura se foi, e onde Erik como pessoa sentiu que os pensamentos eram apenas uma insanidade temporária.

Rapidamente, Erik estava de volta aos trilhos novamente, e totalmente ativo no pequeno mundo do crime em que vivia, e ele estava, como todos os outros na Organização, determinado que ele iria acabar com seus inimigos. Eles tinham realized a escala da terceira onda e que havia muitas vantagens, mas não menos importante ativos líquidos que poderiam facilmente ser gerenciados por aqueles que os levaram primeiro. O próximo passo foi lançar uma série de granadas de mão dentro de sua prancha, onde a esperança seria que esta Organização desaparecesse da área por puro medo, quando uma chuva com granadas de mão pode fazer qualquer um facilmente na sola de seus pés, e rápido. O plano era entrar atrás da Organização, onde nos fundos de sua fazenda havia um pequeno riacho. Estava à beira da primavera e muito frio mesmo à noite. Foi apenas alguns metros antes Erik estava tão à frente, que ele poderia jogar as granadas de mão, e depois que eles saíram, o plano era ir para o seu quartel-general e montar alguns dispositivos explosivos pesados para que todo o edifício se tornasse chips. Esta era a ideia, mas alguns membros da Organização apareceram nas costas quando fizeram xixi e viram Erik.

Agora eram fogos de artifício. Todos eles esvaziaram suas revistas disparando um incêndio. Foi tão fodido. Erik era completamente difícil de ouvir, e ele simplesmente se jogou no chão por puro reflexo, e isso garantiu tornar todos na cena completamente hiperativos.

Erik sentiu que tinha uma overdose de adrenalina. Erik sentiu o dedo no gatilho, e pressionou e pressionou até os cartuchos ficarem esgotados. Erik basicamente não ouviuo som das armas, embora fosse níveis de som que poderiam acordar os mortos sem problemas. Ninguém estava preparado para este desenvolvimento. Erik teve que se aposentar quando seus inimigos eram cerca de 36 homens dentro do clube. Erik teria sido massacrado se estivesse preso lá. Ele se escondeu no riacho que estava balbuciado, e não havia nada além de água fria nele.

A espera de Erik foi planejada por algumas horas, mas logo passaria a ser quase dois dias. Depois de quase dois dias inteiros, o irmão de Sam veio e resgatou Erik, e o pegou. Não que fosse inverno, mas frio o suficiente para ficar doente. Erik mal estava consciente, e completamente refrigerado pela água fria. O irmão do Sam o pegou e o levou para sua casa. Erik estava, em grande necessidade de cuidados e teve que ser levado para o hospital mais próximo quando ele tinha contraído uma pneumonia dupla e teve uma febre alta por causa disso, mas voltou depois de alguns dias novamente.

Erik estava tão cansado que quase viu estrelas, mas teve que continuar. O humor do Erik era como um ECG subindo e descendo. Ele iluminou todos os cilindros e só queria se deitar.

Essa fadiga era provavelmente muito mental, pois ele experimentou coisas que poucas pessoas precisam experimentar, e que ele não quer que ninguém tenha que experimentar, mesmo em seus piores pesadelos.

Depois de uma semana de tempo, o irmão de Erik e Sam decidiu fazer uma visita à casa onde esta Organização já foi formada e foi para a antiga sede do clube e tentaria relaxar, mesmo que apenas por algumas horas. Alguém teve uma festa menor e eles foram convidados, então me senti bem em ir lá. Era bebida, garotas de festa e outras pessoas legais. Havia também um monte de pessoas comuns vindo para a festa. Muitos achavam que a vida que viviam era muitointeressante. Muitos que queriam se sentir livres, mas não podiam, porque em primeiro lugar não tinham a psique de tal vida, mas também porque tinham suas famílias para cuidar.

As noivas se reuniram em torno deles como, enquanto eles chegaram lá e foram tão legais, mas com noivas, e suas veias, Erik logo se cansou. Eles só queriam ser vistos, e fariam qualquer coisa para estar com eles, e sentar em suas bicicletas. Eles tinham suas opiniões sobre as mulheres, e agora em retrospectiva ele poderia pensar que o quadro estava um pouco dividido, não porque eles batiam em uma mulher ou as machucariam puramente psicologicamente, mas apenas para deixá-las tirar parece um pouco apolítica, com mensagens duplas.

O irmão de Erik o Sam percebeu que ambos não foram mais feitos para esta vida, com noivas e preenchimento.

Não! Erik disse, acho difícil deixar isso passar com o planejamento, e que a organização fez isso comigo. Requer vingança, e euvou aceitar.

Agora, acalme-se. O irmão do Sam disse. Isso não melhora as coisas.

Erik já tinha planejado o que aconteceria, então era impossível mudá-lo. Para Erik lidar com essa miséria, ele começou a beber grandes quantidades de uísque. Erik não era a favor das drogas de forma alguma, mas o álcool é em grandes quantidades um problema tão grande quanto qualquer droga. Um vício que chegava a 8 garrafas, ou mais por semana no seu pior. O fato de Erik ter bebido tanto foi porque ele não conseguia lidar com essa quantidade de violência, sem algumtipo de anestésico. Ele realmente não queria fazer violência ou machucar as pessoas.

Erik tinha apenas dólares como a pedra angular de seu crime e agora tinha uma lista sólida de muitos crimes. Tudo o que Erik fez foi criminoso, por mais que tenha feito, foi associado ou foi um ato criminoso puro. Erik era agora uma pessoa com um nível de tolerância muito acima do humano, onde ele era duro como granito e tornou-se como um humano, ou melhor, uma máquina mais difícil a cada dia, e sua psique poderia suportar quase qualquer coisa.

A diferença entre os negócios criminosos e o mundo dos negócios comuns não é tão enorme quanto você pode pensar. Reconhecidamente, eles não tinham restrições e muitas vezes eram roubadas coisas que eram vendidas, mas, aliás, um bom negócio foi calmamente e calmamente, já que, desde que ninguém tentasse explodi-los de uma forma ou de outra.

Um negócio poderia acontecer em um restaurante como no negócio comum. No entanto, havia grandes diferenças se algo der errado, ou se alguém entrasse no território. O que pode ser que um dia você teve um jantar de negócios, e outro dia houve uma guerra, quando você tentou matar o outro parceiro. Esta sequência de eventos não era muito incomum, e se uma dívida não tivesse sido paga no devido tempo, uma reivindicação de cobrança dificilmente era enviada com 150 SEK como um custo adicional. Não! Então foi sobre dar a essa pessoa regras claras e claras de conduta, e na pior das hipóteses acabou com a gordura de arma na testa.

A vida era muitodifícil, e você sempre estaria atento.

De repente, parecia que todos os agentes da SAPO tinham chegado ao local em que a festa estava, e Erik se perguntou o que diabos estava acontecendo, e como eles poderiam saber disso agora. Tivemos um vazamento ou o quê? Erik viu que saiu uma mulher que o SAPO se soltou.

Olá Erik. O agente McGill disse.

O que você quer de mim? Erik disse.

Quero que venha ao carro comigo, ouça uma sugestão que temos. Ela diz.

Nem quero falar com você. Erik responde.

Você não tem que falar conosco, apenas ouvir essas 2 pessoas que você vai conhecer.

Hm? Disse Erik e olhou para ela. O que acontece depois? Erik disse.

Você vai ser colocado sob custódia protetora, e você vai ter que ficar lá até que o Serviço

Secreto falecom você. Então eu vou buscá-lo e levá-lo para um local secreto. Diz o agente McGill.

Agora parece estranho. Erik disse que a polícia ou os agentes não fazem isso. "Bem, vamos ver", disse Erik.

Eles só queriam que Erik lhes desse 15 minutos para se explicarem, para que ele pudesse fazer o que quisesse mais tarde, ou concordar com a proposta deles. O que é isto? Câmera escondida ou o quê? Erik se perguntou.

Não! Respondi ao Agente McGill. Eu entendo que você acha isso estranho, já que nós não costumamos fazer isso.

Sim, é assustador, disse Erik e ela diz que o Departamento de Inteligência tinha começado um projeto onde eles se livrariam de criminosos fortemente organizados Erik riu dela bem na cara, então soou como.

Eu quero que você faça parte deste projeto, para que possamos executar a operação em si. O projeto baseia-se na vontade de quatro criminosos pesadosde começar isso, a fim de ter uma nova vida, fora da vida criminosa. Continua agente McGill.

Está tirando sarro de mim? Erik se perguntou.

Não, comcerteza, não! McGill respondeu.

Eles querem me prender de novo? Erik tinha 100 pensamentos na cabeça, e nem um único, um era do tipo positivo diretamente.

Não, comcerteza, não! McGill respondeu.

Capítulo 25

O que você quer de mim? Perguntou Erik

Você vaiter que me desculpar, mas para mim parece que é um cachorro enterrado, e a coisa toda parece estranha, do começo ao fim. Erik contou ao agente. Nunca ouvi falar de operações como esta neste país. Se íssemos nos Estados Unidos, eu não teria questionado esta operação, mas aqui, onde tudo é preto ou branco, todo o acordo parece frívolo. Diz Erik.

Posso entender seus pensamentos e perguntas. Respondeu o agente McGill, que inicialmente também achou que era uma operação estranha, mas apontou e garantiu que esta operação estava ancorada pelos chefes do Departamento de Inteligência.

Erik disse a ela que queria saber muito mais antes de tomaruma decisão. Após cuidadosa consideração, Erik decidiu concordar com esta operação inicial.

O agente McGill deveria levar Erik a um local não revelado no fim de semana, até que os agentes "cinzas" voltaram na segunda-feira. Era sexta-feira, e o dia que ele desejava, quando ele seria capaz de ver seus filhos novamente. Mas agora Erik foi mais uma vez confrontado com uma decisão que mudou sua vida. As crianças, as crianças! Que razão ele diria que não veio pegá-los? E Erik não sabia com certeza que esta operação era séria. Que o Estado permitiria queo Departamento de Inteligência da SAPO removesse as pessoas e lhes desse uma nova vida.

O agente queria que Erik ficasse em seu lugar secreto no fim de semana. Eles pagaram tudo, e ele conseguiu um número de telefone para este agente que ele poderia usar no fim de semana se houvesse algo que ele precisasse ou se perguntasse.

Foi uma noite sem dormir onde os pensamentos eram muito confusos.

O que eu estava fazendo? Pensou Erik, e irmão de Sam, o que ele pensaria? Mas a maior questão era como os filhos de Erik pensavam. Eles estavam tristes, ou com medo de que algo tivesse acontecido com seu pai, he sesentiu terrivelmente ruim, sua cabeça sentiu como se fosse explodir.

Foi um fim de semana em sinal de frustração, para dizer o mínimo. Erik não foi autorizado a chamar para casa para seus filhos, pois poderia representar um grande risco. Erik deixou uma poderosa Organização, uma Organização que tinha uma grande rede de contatos, e ele sabia como isso acontecia quando alguém tentava deixar a Organizaçãoe, também, quais métodos eles usavam.

Rastreando equipamentos e contatos com várias empresas de telefonia, a Organização tinha uma série de funcionários verificados números de telefone e posições sobre onde um determinado telefone estava geograficamente finding pessoas não era um grande problema Erik sabia dessas informações e quebrou todas as possibilidades de comunicação possíveis. O fim de semana foi muitodifícil de passar, e ele estava muito preocupado com o que poderia acontecer se a Organização pensasse que Erik tinha ido para o subterrâneo e começou a vazar informações.

Erik não sabia o que estava reservado para ele depois do fim de semana, quando os agentes responsáveis entrariam em contato com ele. Erik se perguntou quais eram suas exigências sobre ele porque eles teriam exigências sobre ele, era bastante óbvio queelenão libertaria pessoas fortemente criminosas sem supervisão e, também dar-lhes novas identidades apenas bom demais para ser verdade. Erik já tinha ouvido falar de proteção à testemunha antes, mas então a pessoa em questão testemunharia sobre o crime para obter essa proteção do Estado. Erik foi muitoclaro neste ponto. Ele não chacoalha mais ninguém, então eles podem ir para o inferno imediatamente, pensamentos esses eram provavelmente a única coisa que Erik tinha certeza. Ser squeaker era algo que eles poderiam esquecer imediatamente, se agora era sua visão ser capaz de enquadrar certas pessoas dando-lhes liberdade e uma nova vida. Eles fizerama escolha errada.

Enquanto Erikera extremamente esticado, ele também estava curioso e animado com essa possibilidade. Uma possibilidade onde ele não sabia qual seria o preço.

Nas primeiras horas da manhã de segunda-feira, por volta das .m 8h, o agente McGill liga e pede para ele entrar na Delegacia local. Você não é realmente sábio vocês quer que eu vá para uma delegacia de polícia? Ruge Erik.

Acalmar! O agente McGill disse. Haverá um policial para encontrá-lo na entrada.

Olha, você desligoucompletamente a função cerebral na sua cabeça. Eu nunca mevoluntariei para uma delegacia e eu tambémnão vou fazer issoagora. Que foi a resposta de Erik ao Agente McGill, que achou que Erik deveria ser um pouco computado quando tentaram dar-lhe uma nova vida.

O que você tem em mente? O agente McGill disse.

Vou começar denovo com uma nova vida e deixar tudo velho para trás. Erik disse, e continua dizendo. Quero uma nova identidade, e com novas condições.

Você te exige Erik! O que você vai fazer por nós? Ela pergunta.

Agora, você não ganha nada, mas quando eu sento na minha nova localização, com novas informações, você recebe todas as contas e servidores de mim que foram usados pelos sites da Organização. Erik responde.

Mas Erik, todos na Organização queimaram e quebraram tudo de valor, como você vai nos dar a informação valiosa que precisamos. Eu me pergunto, Agente McGill.

Você sótem que confiar em mim. Erik responde, ou você vai ter que me prenderde novo.

Então, você diz que diz agente McGill. Não tenho boas escolhas, mas não vejo como você pode ser útil ao SAPO?

Dê-me sete horas e eu lhedarei a solução que vocêestá esperando. Essa solução vai acabar com você. Erik diz com firmeza.

O que me diz, Erik? Pergunta ao Agente McGill, que era um pouco tímido, mas ainda assim se arriscou.

Erik Ponderou durante sua viagem para o destino secreto sobre como seria sua vida no novo lugar que ele foi. Erik também ponderou sobre como seria sua vida sem poder entrar em contato com seu mãe. Eles tinham um bom relacionamento, e Erik pensou na época em que ela veio com um jogo de xadrez, que sua mãe lent para dele.

Tinha sido um pouco mais de 8 horas, agente McGill começou a ficar impaciente, e percebeu que ela tinha sido soprada por um gangster.

Então o celular de McGill toca, era Erik em uma linhamuito, ruim, mas era possível ouvir o que Erik tinha a dizer a ela.

Erik disse que a Agente McGill baixaria o link que chegou ao celular dela.

McGill baixou o arquivo imediatamente, e começou a pressionar arquivo aberto, quando Erik tinha colocado uma criptografia sobre essa informação que agora existia.

Erik! Que bobagem é essa agora? Pergunta a McGill, um pouco irritado.

Agente McGill, agora você tem três tentativas, e então o disco rígido é apagado... McGill ouviu o quanto Erik riu dessa piada. Erik, você tem a informação ou não?

Agente McGill, claro que tenho o que prometi. Erik responde. Você terá acesso a grandes partes da Organização.

Boa sorteagora!
A senha é: ERIKFRI

Depois de alguns minutos, Erik ouviu como ela parecia feliz quando pegou o arquivo.

Como você pode ter toda a informação sobrando, tudo foi apagado? O agente McGill disse.

Não, agente McGill, tudoisso sobrou porque eu tenho espelhado discos rígidos e servidores e garantido todas as informações que foram úteis. Notei como estava se tornando quando Henke falou com um irmão, Carl, então eu peguei seguro antes da informação incerta e segura se de alguma forma seria apagada. Erik disse.

Você tem que dizer isso. Disse o Agente McGill, que era um plano extremamente bem pensado, agora posso costurar muitos na Organização, e que com provas, bem feito Erik.

Obrigado Erik, você manteve sua palavra.

Vejo você McGill... Não, não!

Um livro de Jesper Persson

Copyright 2021

Leitor BeDe

Tradutor A.D Zingo

www.ingramcontent.com/pod-product-compliance
Lightning Source LLC
LaVergne TN
LVHW020314200726
843507LV00012B/2092